Joaquín Giménez-Arnau
Las Islas Transparentes

Joaquín
Giménez-Arnau

Las Islas Transparentes

Ediciones Destino
Colección
Áncora y Delfín
Volumen 522

© Joaquín Giménez-Arnau
© Ediciones Destino
Consejo de Ciento, 425. Barcelona-9
Primera edición: diciembre 1977
ISBN: 84 - 233 - 0702 - 6
Depósito Legal: B. 36252 - 1977
Impreso por Gráficas Diamante,
Zamora, 83, Barcelona-5
Impreso en España - Printed in Spain

*Era algo etéreo, brillante, cubierto
de polvo de oro, como esas reminis-
cencias que los sueños nos dan a veces de la vida.*

RAMÓN DEL VALLE-INCLÁN

I

Krieger tampoco consiguió dormir aquella noche. Doce días atrás, al desembarcar en Fuerte Chacal, había contraído una extraña demencia melancólica y desde entonces no había logrado sustraerse a las voces que retumbaban como un gong en su cabeza febril, a pesar de los esfuerzos para ahuyentarlas y de la convicción de que se hallaba fuera de los círculos de la locura. En vano intentaba apartar de sí delirantes imágenes de crepúsculos pudriéndose, de espejos derritiéndose, de calendarios preincaicos desintegrándose en su cóncava soledad mental. Un limbo abstracto se había apoderado de sus células y se sentía envuelto en celestes vibraciones. Cuarenta y dos años de aventurero sin patria ni creencias habían distorsionado parte de su cerebro y oxidado enteramente su corazón. Una vez más el tiempo operaba sobre las calamidades del alma como el opio en las del cuerpo: suspendiéndolas, adormeciéndolas, pero sin detener sus funestos efectos.

Separado de sus instintos y no esperando ya nada de ellos, indiferente a todo, sin deseos, cercado por ese inminente dolor opaco con que la demencia anuncia su infernal imperio, inmovilizados sus dos metros de hombre nórdico por el asfixiante calor, rendido bocarriba sobre el catre de aquel cochambroso cuchitril con olor a trópico descompuesto, estudiaba las costumbres de los insectos que devoraban la persiana de cáñamo, la estera de crin, su propia piel, y pedía a la naturaleza el secreto de la euforia de chinches, cucarachas, zompopos y moscones. Así transcurrió la noche y con la del alba sus ojeras tomaron un tono amarillento semejante a su rubia y larga cabellera.

El décimotercer día, consciente de que el reposo no había atenuado ni atenuaría sus delirios, movió la cabeza de un lado a otro para librarse de los caballos verdes que se arrojaban al precipicio de su más reciente alucinación, estiró el semblante, se puso los gastados cueros, se calzó las botas de piel de potro, las espuelas plateadas, cogió el viejo mosquetón, se abalanzó a la puerta, descorrió el cerrojo y salió de su aislamiento.

Fuerte Chacal seguía siendo una aglomeración de fortalezas coloniales, barracones polvorientos y ebrias ruinas humanas dando tumbos, un lugar maldito en los mares del sur al que se llegaba sólo por desesperación y del que se escapaba rara vez. Todos sus habitantes mostraban las huellas profundas del fracaso y nadie, ni siquiera Krieger, que luchaba con su debilidad para mantenerse en pie en medio de aquel desfile de harapientos forajidos ulcerados y prostitutas pusilánimes, parecía capaz de dulcificar y distraer la fuerza con que el hastío se manifestaba en toda la población. De no haber sido por un aire denso y escaldado que traía el penetrante aroma de cafetales y bananos, el apátrida jamás habría admitido estar habitando la realidad. Su mente, como la de los monomaníacos acostumbrados a dialogar con sus recuerdos, navegaba por un confuso río donde las impresiones antiguas se entrecruzaban con las visiones presentes haciendo astillas la memoria.

Cuando más entregado estaba a sus deliquios, una mano sarmentosa apretó la suya. Era la de una mujer de unos noventa años, extenuada de parir, madre de diecisiete renegados que se habían perdido por el mundo, áspera, de pelo cano y sucio, ojos enardecidos, facciones regulares que asomaban de un pórtico de grietas, sin un solo diente, y con un vestido negro abierto por delante que dejaba al aire unos senos lacios y arrugados. Habló casi en secreto, acoplando a su voz una tenue inflexión que pretendía fascinar.

—Ven, ámame, y te devolveré la vida.

Krieger, empujado por la imperativa necesidad de poner remedio a sus males, aceptó la horrible propuesta y acompañó a la vieja a un chamizo cercano. Anduvieron veinte pasos, traspasaron un mosquitero en cuya base una gaviota picoteaba babosas, apartaron penachos de buitre, pellejos de alimaña, cortinas de muselina y tiras de cocodrilo que colgaban del techo, y ante el apátrida surgió un recinto mortecino donde vivía la arcaica mujer rodeada de cobayos enjaulados en cestas de esparto, culebras disecadas, rabos de elefante, hongos alucinógenos e infinidad de jarras, potes, barreños, licoreras, vasijas, ollas y orinales. En el suelo, hecho de mimbre y sequedad, un cachorro de lince embadurnado en sarna jugaba con las tripas de un lagarto, displicentemente, sin que sus movimientos alterasen la disposición de cuatro hileras de tiestos y macetas donde crecían toda clase de plantas medicinales: belladonas, yerba luisas, valerianas, dedaleras, mandrágoras y muchas más. La vieja no era alfarera sino druidesa y allí indagaba con sus filtros y brebajes los caminos hacia el encantamiento.

Krieger ansiaba, aunque sólo fuese por un momento, creer que la atmósfera sofocante y la rancia oscuridad del lugar disiparían el incontenible resurgir de voces, crepúsculos, espejos, calendarios y caballos. Se hallaba tan sujeto a la impresionabilidad de su demencia que la sentía prendida como una llama a un tronco en las cuevas del cerebro. Pero como no podía detener el diluvio de visiones que le estaba taladrando el cráneo, ni expresar con gestos o exclamaciones su sentimiento de repulsión infinita hacia su propia vida, se dejó caer sobre el camastro de sarmiento que había en un rincón. Al hacerlo, volcó un cofre lleno de talismanes. La vieja, para reanimarle, le dio a beber zumo de artemisa, verde y vaporoso: una triste variante del famoso ajenjo depurado con que se drogan los poetas. Luego se desnudó. Las reliquias de una raza extinta en forma de anatomía decrépita se presentaron ante los ojos estupefactos del apátrida. La anciana —escurrida en carnes, con los senos colgándole más abajo de la cintura, la piel rugosa y poblada de resecos lobanillos, los huesos saliendo en todas direcciones y la imberbe vagina abierta al caos de los tiempos— recordaba la espectral sublimación de la ninfomanía.

—Abrázame, bésame, ámame, y te devolveré la vida.

La desaforada no parecía conocer otro estribillo. Era uno de esos seres que viven constantemente la última hipótesis de sus pasiones con el mismo ardor que cuando jóvenes. Krieger se deshizo de los cueros que le arropaban, se roció la nuca con zumo de artemisa, y sin quitarse las botas ni soltar el mosquetón, se puso a pensar en hembras fulgurantes que tenía amadas para eclipsar de algún modo el ocaso vegetativo que se contenía en la druidesa.

Para ello recordó sus días de pagana adolescencia, sus gloriosas noches sodomitas en los fríos puertos de la fría Europa, sus queridas mujeres, sus amantes rostros, y rescató una imagen fragmentada de mujer, hecha con trozos de amor dispersos, con aves en la boca, poderosas caderas, el vientre de cristal templado, muslos de ágata, rodillas de manzana, playas en los costados y las tres dunas capitales humedecidas. El recuerdo y el delirio. La Venus incansable, la que cuando estallan los ángeles lanza gemidos que suenan a viento sur entre las zarzas.

Mas la ilusoria aparición no ayudó a su propósito. Por primera vez en su vida le traicionaron sus hormonas. Débil aún y sin recursos, con el desalentador espectáculo de la vieja lamiéndole los hombros, pidió que le fuera traída una indígena. Al poco tiempo apareció un cuerpo virgen de trece años con una flor turquesa entre los pechos y una falda blanca de muaré. El apátrida recorrió su aceitada piel de acero y uvas nacida para la sensualidad y así logro cubrir a la vieja desdentada y jadeante, no sin haber experimentado la fría sensación de penetrar en una caverna milenaria repleta de hostiles e inmundas salamandras. Terminado el suplicio, exigió su recompensa.

Fue entonces cuando la druidesa inició la preparación de un jarabe pestilente destinado ni más ni menos a dar a conocer la muerte y el más allá.

—No quiero engañarte —dijo—. Has de saber que una de las leyes del reino de la magia es que no se pueden controlar los poderes que se invocan. Las consecuencias de esta pócima son imprevisibles, pero puedo asegurarte que si la bebes recobrarás las ganas de vivir a la vista de los espantos que halles en el tortuoso sueño. Tus amarguras presentes se desvanecerán cuando se apodere de ti lo que en ti desconoces. A tu regreso no tardarás en llenarte de admiración hacia las maravillas de la naturaleza. Nada te oculto, no temas. En el peor de los casos esta pócima te dejará abiertas las puertas del suicidio. Se trata de un filtro esclarecedor —concluyó la arpía.

La puesta a punto del tónico apenas duró unos instantes. La vieja primero hizo cortes en unas cápsulas inmaturas de amapola, permitiendo que se derramase el látex de su interior hasta solidificarse al contacto con el aire en gránulos cristalinos de morfina de amplio poder hipnótico. Seguidamente coció las huecas raíces de la cicuta acuática, que es narcótica, produce manifestaciones morbosas y cuando hierve destila un vapor grasiento que hiede como el amanecer de las cloacas. Por último, maceró un racimo de grosellas en un mortero y explicó que disminuiría el ritmo de los latidos cardíacos debido a sus propiedades sedativas. Aún desnuda, vertió los tres ingredientes en un tazón de cobre, escupió en la pócima, alzó los filudos brazos y se sumió en un universo de invocaciones endemoniadas que hablaban de sortilegios catastróficos. Ultimada la ceremonia, el tazón pasó a labios de Krieger.

—Bebe —ordenó la arpía. Tu salvación está próxima. Si quieres ver lo que la muerte esconde y el más allá depara, bebe.

El apátrida obedeció y según bebía se fue fugando poco a poco la sensibilidad de su cuerpo hasta quedar inmerso en una honda somnolencia.

De pronto advirtió que su rostro había dejado de ser su rostro: ahora daba vueltas en el espacio, alejado de su propia identidad, espiándole desde una altura inalcanzable con sus propios ojos. Volvió el rostro al rostro y se abrió ante él una galería de cristal, el túnel que conduce a las planicies oníricas. Bien al fondo, allá donde la existencia se confunde con el vacío, se accedía a las alcobas de la muerte a través de una abertura cónica situada en el centro de una gigantesca perla negra rodeada por tentáculos vegetales. Atraído por una fuerza superior recorrió la galería y se internó en el vientre de la perla. Allí encontró una cama de humo flotando sobre un extenso campo gris. Se fue hacia ella, se tumbó, y como si todo estuviese decidido desde el principio de los tiempos, empezó a caer sobre su cara una lenta y espesa lluvia de arañas y tarántulas de todas las formas y tamaños, una lluvia de membranas serosas, vejigas leonadas, abdómenes ovalados y ampollas transparentes que, descolgándose de la opaca techumbre de la perla de manera mucilaginosa y babeante, llegó a cercarle hasta grados revulsivos. Krieger y su mente querían huir de allí, pero las fuerzas no respondían: el hombre permanecía inmóvil, atenazado por causas desconocidas, oyendo crujir cientos de mandíbulas frenéticas que se atacaban entre sí guiadas por una voracidad violenta, viendo cómo se reproducían casi instantáneamente los palpos mutilados, notando cómo millares de peludas patas se restregaban contra sus labios y cómo millones de ojos viscosos exploraban sus poros. La lluvia no cesaba ni tampoco el gris. Y la invasión no se detuvo. Hubo arañas que descendieron por el esófago hasta el hígado desgarrando músculos y triturando venas, otras que depositaron huevos y tejieron redes en los pulmones cortándole el paso al aire, y tarántulas sedientas que treparon a su boca para disputarse las últimas gotas de saliva. Las fosas nasales se habían convertido en hervidero de monstruos invertebrados y los más voraces, a medida que Krieger sentía desvanecerse la calidez corporal y aflorar un gélido sudor, se refugiaron en sus oídos, comenzando a perforar tímpanos, a roer lóbulos, a chuparle la médula y a correr por su cerebro. En este instante, cuando un ejemplar de terafosa se disponía a succionarle los jugos cerebrales con sus órganos bulbiformes, oyóse un grito agónico, un cántico lejano adulterado por campanas, y una inmensa ola de semen negro desprendida de las paredes de la perla inundó su vida. Era la muerte : implacablemente extensa, cruel, con un sonido a eco encerrado entre maderos, con olor a llaga curada con vinagre. Detrás de ella no había nada. Ni soledad siquiera.

Al recobrarse Krieger del sombrío abatimiento en que le había sumergido la pócima de la druidesa, sintió, tal como ella le había vaticinado, renacer en su alma un amor a la existencia que ya creía extinguido. La espantosa desolación con que el más allá recibía a sus huéspedes ahora le hacía agarrarse a la vida como nunca. Los síntomas desintegradores que en los últimos días le habían obligado a rehuir todo trato con la realidad, así como la ardiente fiebre, ya se diluían, dando paso a una nueva, suave y diáfana brisa mental que infundía paz a un pensamiento largamente atormetado. Pero como aún rondaba su cabeza el miedo que produce el retorno de las abstracciones, lanzó la mente fuera de las eventualidades presentes y la hundió en la plácida marea de las incongruencias.

Con los ojos todavía vidriosos por los efectos de la droga, los miembros insensibilizados y la respiración tronchándose en angustiosos intervalos, imaginó un paraíso incoherente donde la ensoñación fuera posible. Quería enterrar para siempre el caótico ritmo de sus ondas mentales. En el fondo era un romántico que ponía en duda las pocas cosas en las que antes creía con firmeza, un hombre sin destino ni ilusiones decidido a hacerse con un puñado de ideales. Cuarenta y dos años de fugas y abandonos, de venir en conocimiento acerca de la zafiedad de la mayoría de los seres que pueblan el planeta de los cafres, de encontrarse miserias sexuales reflejadas en los rostros, inexpresión vital en las ideas, pozos de avaricia en las manos y frágil honestidad en las actitudes, le habían dejado sin tiempo suficiente para creer en algo. Una gruesa malla de absurdos preceptos morales y religiosos se había interpuesto entre su libertad y el mundo, y las leyes de los hombres le habían impedido vivir según las que rigen en la naturaleza, obligándole a permanecer encadenado a su cerebro, sometido a las avalanchas alucinadoras que entorpecían los cauces de su suerte. De ahí que la creación de unos ideales, algo en lo que creer, se le hiciera necesaria. Sin ellos no podría ver la luz. Por lo cual, se los inventó.

Determinó que su destino sería un lago inaccesible en medio de unas Islas Transparentes situadas donde termina el mundo conocido y empieza el imaginario. Selvas tranquilas donde poder cazar, pescar, sembrar y sobrevivir.

Internarse por el lado menos afrentoso y más limpio de los sueños, alcanzar las islas, explorar la región insólita, levantar una choza y engrandecer el corazón serían sus fines. Y la maravillosa mujer de cuerpo rubio y pelo de agua que se acababa de inventar, su pasión futura. Mientras pensase en ella evitaría recaer en las abyectas trampas que tienden las meditaciones. Ella conduciría sus pasos e imantaría sus deseos, y cuando la hallase, la amaría durante una larga noche de más de treinta inviernos, porque a la vejez se retiraría a divagar. La fuerza para ella, la paz para él. Amar a fondo, descansar después. La misma fórmula que, muchos años antes de abandonar su tierra natal allá en la parte septentrional de las Finlandias, le había sido legada por su padre, aquel gigante de melena blanca que empezó en la vida como domador de vírgenes y acabó como pastor de renos.

Esto fue lo que soñó y determinó, y ya nadie ni nada le detendría.

II

Se disponía a festejar el nacimiento de sus ideales cuando la vieja le arrojó a la cara el lince, sacándole de su ensimismamiento y conminándole a salir del chamizo. Fuera aguardaba un nuevo cliente y ella necesitaba satisfacer con urgencia su inextinguible hambre sexual. Krieger se incorporó, se vistió, apartó el mosquitero con el mosquetón y se dio de bruces contra el sol de mediodía. Lentas aves tropicales cruzaban por un cielo que refulgía con esa blanca claridad de los desiertos. Pletórico, con cierta torpeza en sus movimientos, mordió el olor de la luz y se impregnó de espacio. Quería vivir. Estaba curado.

Fuerte Chacal latía entre ondas de calor que vibraban en el aire. Una rara mezcla de brisa de mar, aroma de jacintos, sudor de caballerizas y humo de frituras, se condensaba a lo largo del camino guijarroso que Krieger hubo de recorrer hasta alcanzar una plazoleta flanqueada por los desvencijados barracones que, a pesar de su ruinoso estado, estaban allí parados desde siglos. Niños escuálidos y con el vientre abultado, subidos a los techos de las polvorientas fortalezas, apresaban con sus manos lagartijas, sapos y garrobos. Una mulata paría en medio del lugar sin que la aburrida muchedumbre que pasaba por su lado le prestara ayuda ni atención. Bañados sus muslos en moscas y sangre, clavaba sus uñas de gata en el polvo, retorciéndose entre silenciosas sonrisas, como si obtuviera un extraño éxtasis físico del alumbramiento. Un poco más allá los mercaderes de sueños tatuaban los cuerpos con mapas que conducirían al hallazgo de fabulosas grutas de oro y leían las manos aventurando la buena fortuna a una grey proscrita, ya condenada a una miseria insalvable. En la plaza tampoco faltaban falsificadores de salvoconductos, guías sin ruta, restos extraviados de lo que fueron nobles raleas, alcahuetas, legiones de hurgamanderas de todas las procedencias y perversiones, salteadores de caminos, místicos sanguinarios, conspiradores disolutos, asesinos indomables, estrafalarios comerciantes y toda clase de gentes que viviendo de oficios en los que no se hace necesario trabajar destinaban su existencia a esperar que el tiempo siguiera goteando en sus venas.

Krieger se dirigió a la taberna, que se encontraba en algún lugar de la plaza. Antes había sido de madera, pero como los incontrolados de la zona solían derruirla cuantas veces se levantaba, llegó el momento en que el tabernero —un grácil petimetre holandés mansamente fornido, con cejas de terciopelo y caderas de algodón— optó por construirla en adelante a base de sacos de arena dispuestos en círculo, de manera que fuese portátil. Según el alejamiento de unos sacos a otros debido a las feroces peleas de la drogada y borracha concurrencia del día anterior, el petimetre, adicto a la ley del mínimo gesto, tiraba los muertos al mar, desvalijaba a los inconscientes y reconstruía la taberna cara a la nueva jornada allí donde más sacos hubiera y resultase menos dificultosa su ordenación. Aquel día, se hallaba en el extremo más alejado de la boca del delta, donde las ruinas coloniales de Fuerte Chacal se apoyan contra los bosques de cocoteros, la bullaranga de los monos y el griterío de los pájaros.

El apátrida pudo comprobar que el holandés había organizado su negocio con un sentido innato del lucro. En la taberna cada pasión era atendida con su correspondiente vicio. Para los forajidos había ron, mulatas y concursos sin demasiado enigma. Toda clase de moneda, desde ducados a onzas pasando por doblones, se apostaba en las distintas suertes: peleas de gallos, luchas de mujeres y duelos con pistolas. Se daba por sentado que el petimetre, como propietario y animador del asunto, tenía derecho a los despojos, y si los gallos fallecidos nutrían su despensa, los cadáveres de los desgraciados caídos en duelo aportaban a su hacienda un buen botín diario de muelas de oro, anillos, collares y amuletos. El holandés, haciendo honor a la fragilidad creadora de su raza, no gozaba de imaginación, pero como su negocio era un estallido diario de alcohol, blasfemias, crímenes, violaciones y cantos, los maleantes no atentaban contra su amanerada existencia, permitiéndole inaugurar una nueva taberna cada día.

Hacía tanto tiempo que Krieger no sostenía una conversación con un semejante que oteó entre los numerosos corros en busca de alguien con quien hablar. Se sentía despejado y comunicativo, y como no temía ser inquietado pues el viejo mosquetón relucía amenazante bajo el sol, se sentó en un barril, reclinó sus espaldas contra los sacos, ordenó a una mulata que le trajese de beber, pagó con plata al tabernero y fijó sus ojos azules en un caballero de lámina aristocrática que, sentado tres barriles más allá, parecía anotar pensamientos profundos con su pluma de ganso en un enorme libro encuadernado en oscura piel de cabrito y prensado con cerraduras de cobre. De entre todos los concurrentes que había en la taberna era el único que resaltaba, el único, junto a Krieger, que no participaba de las cascadas de risas y gritos que hacían que los cocoteros se tambolearan excitando aún más a cacatúas, cotorras y micos. Evidentemente se trataba de un personaje de alguna distinción. Vestía un jubón negro de herretes sobre el que caía una amplia y blanca gorguera de gruesos pliegues mal almidonados, con trazos de no haber sido lavado en los últimos meses. Su viva mirada y su barba canosa anunciaban una vejez robusta, y su actitud grave y risueña, a veces meditabunda, le daba un aire doctoral. El apátrida se le aproximó, colocó el mosquetón sobre el libro con gesto pacífico para rescatar su atención, le tendió la mano y se introdujo.

—Me llamo Krieger. Busco alguien con quien hablar.

El misterioso personaje se incorporó, acudió al saludo y dijo, con tono seco y locuaz:

—Mi nombre es Ivo de Arnós. Soy español, aragonés por más datos. Hasta hace poco era astrólogo del reino de Aragón. Sufro el destierro, por eso ahora soy visionario y le cuento a la gente lo que las estrellas cuentan de ellos, y así vivo. Me parece bien que hablemos. En esta tierra de bárbaros aún no saben lo que es una conversación.

Y hablaron. De acuerdo a sus culturas y obsesiones, el vikingo se mostró jovial y poco hablador en tanto que el aragonés, más serio, habló sin cesar. Empezó por relatar las causas de su destierro, las mismas que habían dado con él en Fuerte Chacal. Esto fue lo que Krieger escuchó:

—Como vivimos los tiempos en que la Inquisición aún persiste en sus monstruosos sacrificios bautizados con el sarcástico nombre de autos de fe, corroborando la leyenda por la que se concede un agudo sentido del humor a la Iglesia Católica, me he visto obligado a abandonar mi país, al que quiero profundamente, habiendo sido acusado de hereje fanático. Admito que soy anticlerical y pagano, pero como no he sabido convencer a la iglesia de que esto no es incompatible con mis hondas raíces en la creencia de Dios, aquí me tienes, a mi edad, avezado ya para siempre a la soledad y el exilio. No obstante, mi suerte no es la peor. Millares de víctimas impías ya han ofrecido en España su sangre al Dios de la clemencia, representado a la sazón por sectas secretas de clérigos y banderías de frailes, jueces y parte de los tribunales católicos que, no contentándose con dictar terribles sentencias, acuden a suplicios y ejecuciones revistiendo sus ceremonias sadistas de gran pompa eclesiástica. Vivimos, pues, los días en que la mera sospecha de algún crimen imaginario (todo error no recibido por los concilios, todo sentimiento contrario a las decisiones papales y toda duda acerca de los decretos de la Inquisición) dan con el acusado en un jardín de infortunios. Pocas horas pasan sin que los ciudadanos aragoneses registren en sus archivos personales alguna vejación. Los cristianos ortodoxos están obligados a denunciar a su confesor a los presuntos pecadores que tengan por herejes, bajo pena de anatema, excomunión y otras sandeces. La esfera de terror ha abarcado las relaciones privadas, la edad de oro de delatores y espías goza de sus mejores privilegios. De tales costumbres resulté prendido en nombre del Santo Oficio. Fui entregado a las místicas hordas por mi pupilo predilecto, un advenedizo que adujo mi blasfema conducta y presentó como prueba ante la autoridad eclesiástica este manuscrito que ves aquí, escrito por mí en noches de misticismo pagano, embriaguez y delirio. Este trabajo —dijo levantando el libro que intitulaba a fuego lento y con letras de oro la palabra «Esquizosicupáticum»— fue inscrito en el apartado de mercancía dudosa debido a una desafortunada metáfora: en ella llamo ratas de sacristía, porque lo son, a las gentes de iglesia. El Santo Oficio no supo apreciar el valor literario de mi esperpéntica imagen. Tampoco escapó a su severa censura mi dedicatoria en el prólogo, en la cual demuestro que la inteligencia de Santo Tomás razonaba más que como la de un teólogo como la de un asno. Acabó por condenarme la tesis central de mi obra, que contiene una vasta concepción del universo dominada por la doctrina de los espíritus celestes, especie de fluido inmaterial y cósmico transmisible de una persona a otra y de los planetas a los seres y a las cosas. Si a esto añades mi proyecto sobre una cacería de obispos en los reinos de Castilla y Aragón, comprenderás las razones del principio de mis males.

27

Fui apresado y, a pesar de demostrar ante el tribunal de las pompas escarlatas la superioridad de mi juicio y la ausencia de criterio en la formulación de los cargos, fui sometido a terribles torturas monacales hasta que confesé mi fe en las maldades católicas de las que estaba siendo inculpado. Luego, mis torturadores me frotaban la piel con manteca, grasa, aceite y otras combustibles materias, me metieron en una camisa de azufre y, aprovechando que era el primer domingo de Adviento y que el evangelio del día habla del juicio final, nos condenaron a mis escritos y a mí a arder en hoguera. Por fortuna, los inquisidores son brutos y no saben leer las señales del cielo. Júpiter y Saturno, que desde siempre han sido los planetas de clima más inhóspito, dominaban por aquellas fechas el universo astral, tenían magnetizado el cosmos y se disponían a descargar sobre la Tierra un pedrisco con rayos, truenos y trombas de agua de esos que hacen historia. Y lo descargaron. Aún se recuerda en España, concretamente en mi tierra. El escandaloso fenómeno más que piedras de hielo lanzó témpanos enteros, duros como diamantes, y algunos tan majestuosos que por sí solos sepultaron un convento. En poco menos de cien instantes, mieses, frutos, tejados, verdugos, curas y sádicos curiosos quedaron apresados en un profundo estado de hibernación. Mis escritos y yo nos salvamos, conseguimos entendernos a tiempo con el pedrisco. Y di gracias a Dios por haber sido tan justo : por haber asolado a los maníacos del clero y por haber permitido que yo pudiera continuar admirando los maravillosos dilemas de la astrología.

—Mala gente esos curas —comentó Krieger.

—¡No lo sabes tú bien! —repuso Ivo de Arnós. Reconozco —siguió diciendo— que existen casos de corrección y virtud evangélica, pero la mayoría de los cerebros de clérigos y demás barraganes están labrados a hacha, con asimetrías deformes en las que pierden el rumbo los razonamientos y con esquirlas de malignidad coronando cada una de sus decisiones. Han hecho que la religión se convierta en una ventosa que ha ido desgastando el corazón de mi patria, que ahora padece de anemia, y han contribuido con su empeño de cuidar de los asuntos espirituales de la raza a debilitar sus creencias. De todos modos, la savia pagana de España aún no está destruida. Todavía se asiste a ceremonias de devoción idolátrica, se ven cristos de rostros borrachos de dolor y alegría siendo besados y acariciados por el fervor de la grey, y hermosas efigies sensuales de vírgenes que, impregnadas con el sudor de los pleitos del pueblo, son injuriadas con epítetos tabernarios por la pasión de los defensores de la virgen rival. Así es la España que no perece, llena de fuerza, fe, misterio, locura, imaginación y esplendor. Quizá en un tiempo venidero, y no es un sueño de astrólogo desterrado, el Imperio tenga la sana ocurrencia de arrinconar a la Iglesia como se arrincona una vieja armadura —terminó diciendo Ivo de Arnós.

El aragonés era uno de esos hombres de excepción que significan una época. Deslizada su primera vejez en España entre libros y comodidades, ahora, en otro hemisferio, empleaba las últimas fuerzas de su estirpe liberal en la contemplación de la noche americana, habiendo ya descubierto y bautizado con nombres legendarios la «Constelación de la Iguana», las «Galaxias de Marangatú» y la «Vía de la Ninfa Egeria o de la Inspiración», y afirmando que todas ellas se hallaban en la selva de cristal de los fenómenos estelares unidas entre sí por líneas imaginarias e intrigas secretas.

Los conocimientos del aragonés tenían a Krieger absolutamente asombrado. Nunca en su vida un caballero se había atrevido o dignado a mirarle a los ojos, y menos aún a explicarle lo que sucedía en el cielo. Se disponía a pedirle una interpretación del sueño de las Islas Transparentes, cuando una mujer alta, fuerte, dura, con los pechos abiertos, un cuchillo de mango de cuero a la cintura y varios peces rojos echados al hombro hizo su entrada en la taberna. El apátrida se incorporó.

—Volveré. Has de aclararme un sueño que tuve. Ahora se me presenta otro y me voy —dijo Krieger olvidándose del sabio y aproximándose a la mujer, que tenía un extraño parecido con él.

Las huellas de ese narcisismo que existe en todos los seres humanos le atrajeron a ella, sufriendo la hembra la misma atracción. Y para que el amor estallara bastó que Krieger sintiera lo que dijo:

—Hazme hondas caricias sin preguntas. El amor está en la piel. Los sentimientos son la carne. Sé bella y ven conmigo al delta.

Nunca se sabrá si aquella relación fue enfermiza o pura. Fueron horas perfectas, horas que ni los años harían olvidar.

Los días siguientes los empleó en recomponer su fortaleza. Se internó en las selvas próximas al delta y en una laguna mató un escualo de agua dulce valiéndose de sus mismas armas: a dentelladas. Domó búfalos y anacondas, taló un baobab en menos de ocho horas, bebió caldo de mono y deglutió media docena de pavos salvajes, un oso hormiguero y un puerco espín. Cuando volvió a notar que tenía cuarenta y dos años, segura la zancada, los bigotes hirsutos, los puños como piedras y la capacidad para desafiar al más infatigable enemigo, se tumbó a dormir entre nenúfares una siesta de tres días de duración. Al despertar ya no parecía un derrotado más de los muchos que

Fuerte Chacal había imantado con su desidia. Ahora era nuevamente Krieger el apátrida, el asesino de ojos azules que no sabía cómo ni cuándo había llegado a los mares del sur.

Para dar por concluida su rehabilitación aún le faltaba afinar la puntería, que en sus buenos tiempos habría pulverizado un cráneo a treinta pasos de distancia. Cogió el mosquetón y se dirigió al muelle. Una vez allí miró a su alrededor hasta descubrir el blanco perfecto: un esclavo que pendía de una palmera. El negro se hallaba bocabajo, atado por los tobillos, método utilizado en los trópicos para atraer a las embarcaciones dedicadas a la trata. El apátrida disparó hasta que se acabó su paciencia y el organismo del negro. En ese momento hizo su aparición un tipo obeso y tuerto que se decía propietario del acribillado y que reclamaba, sin mucha convicción, su precio en plata. Krieger le apartó con el brazo y dijo:

—Poco te van a dar por él.

De seguido, regresó a la taberna, buscó a Ivo de Arnós, se sentó a su mesa y entabló la siguiente conversación:

—¿Qué son los sueños?

—Lo que nos falta por vivir —repuso el aragonés.

—¿Estás seguro?

—Sí. Lo que el pasado nos presenta en forma de apariciones son cosas ya vividas. Los sueños han de ser vírgenes. Un sueño invadido es un trozo de memoria. Pero los sueños que se adentran en el futuro y son arrastrados por el vendaval de los desconocimientos hasta estrellarse contra los espejos de la locura y las riberas de la imaginación, son la clase de sueños que hacen que un hombre pueda inventar la vida al mismo tiempo que la vive.

—Yo he soñado con Islas Transparentes. ¿Qué quiere decir?

—¡Islas en los sueños! ¡Mi teoría de los conceptos líquidos! Significa que vas buscando la otra gravidez, el mundo de los eslabones desencadenados.

—Bueno, ¿pero existen?

—Todo lo que se sueña existe. Por eso hay muchos hombres que al no tener un solo sueño andan de un lado para otro sin existir apenas. Tus islas están en alguna parte.

—¿Y por qué son transparentes?

—Los sueños están en nosotros, no fuera de nosotros, y como todos somos transparentes por dentro, la necesidad de llegar a ver la claridad de nuestro propio laberinto los proyecta en transparencia. Tú has visto islas. Para ti existen. Ve a buscarlas.

—Sí, aragonés, me voy a buscarlas —dijo Krieger incorporándose—. ¿Te vienes conmigo?

—No, amigo, no. Yo tengo mis sueños a disposición de los astros. Y aunque este hemisferio sea menos enigmático que el mío de orige, me quedo a estudiar sus noches que son más fantásticas. Con Dios amigo —dijo el aragonés con acento de no reencontrarle jamás.

Krieger ya había tomado la resolución de abandonar Fuerte Chacal. En la misma taberna se informó de que el único buque apto para hacerse a la mar estaba anclado en la boca del delta. Al parecer, pertenecía a un francés. No lo dudó: subió a una chalupa y remó a su encuentro. Era la hora del crepúsculo, cuando el sol se acuesta con actitud naranja y bandadas de marabús, zumayas y flamencos cruzan los amaneceres de la noche.

III

Cuando Krieger subió a bordo quedó asombrado con cuanto vio. «El Cleopatra», un viejo buque que había sido transformado en burdel flotante por un delicado personaje de la Francia fastuosa y colonial llamado Latour, estaba siendo demolido por una chusma borracha e incontrolada, compuesta por bucaneros, gente de garito y de presidio, corsarios y buscadores de fortuna.

De nada le había servido al francés rellenar con estopa y brea las junturas, sacar roña a los cañones y brillo a la cubierta, colocar lamparillas de aceite en los extremos de los mástiles, dividir la bodega en pequeños compartimentos de bambú destinados al culto de las grandes bajezas, instalar en el puente una parrilla donde asar bueyes, gansos y delfines, distribuir estratégicamente a lo largo y ancho del buque cubas de ron y barriles de cerveza, ordenar tallar una diosa de la fertilidad que abriera rumbos con sus pechos de caoba en el mascarón de proa, ni improvisar en los botes de salvamento por parecerle insuficientes las reformas, un jardín botánico donde cultivar distintas familias de adormidera, planta cuyas hojas mascadas o fumadas transportan al hombre a paraísos impensados. Sólo a un francés se le podría haber ocurrido, después de fletar el burdel en la boca del delta y esperar a que la marinería de Fuerte Chacal acudiese en busca de placeres exóticos, intentar civilizar con perversiones depuradas una zona habitada por desalmados capaces de apalear hetairas y bailarinas orientales, estrangular lesbianas, asar efebos, forzar sirvientes y arrasar los jardines de cannabis.

Mientras la acrópolis del vicio sucumbía en una orgía macabra, Krieger entró en el camarote principal y encontró a Latour acariciando una oca japonesa y llorando desconsoladamente la suerte del negocio. No parecía comprender cómo lo construido para deleite de la humanidad podía ser arruinado por aquella fauna ingobernable ni que nadie hubiese sabido apreciar su exquisita sensibilidad. Secó sus lágrimas en los cortinajes, suspiró y al darse vuelta advirtió la presencia del apátrida, que le doblaba en peso y casi también en estatura. La cara del francés tomó la expresión de una tienda vacía. Quiso gritar pero su voz se apagó en sus labios breves y carnosos, desapareció la frescura de su tez, su nariz aguileña se contrajo haciendo aún más ridícula la estrechez de su mostacho, se nubló su mirada negra y magnética y la frecuencia de su pulso se detuvo. Krieger cerró la puerta ordenándole que se sentara. Latour obedeció al instante. Un carnaval de risas rufianescas, saltos, caídas, gritos espeluznantes y carcajadas cavernosas hacía entender que «El Cleopatra» estaba a merced de los bárbaros. El francés miraba hacia el techo, seguía con los ojos y las muecas de su boca los ruidos provenientes de allá arriba. Parecía como si toda la cubierta se fuera a hundir de golpe. Krieger se sentó a su lado. Le miraba terriblemente en el rostro. El francés no sabía si turbarse o palidecer. Conduciendo sus movimientos con lentitud para demostrar que sus gestos se hallaban exentos de malicia, alargó el brazo y cogió una botella de kashira, vino de uvas salvajes que crecen entre la lava del volcán de Tayút. Acercó dos copas, las llenó y ofreció una al apátrida. Éste, rechazándola, vació la botella de un solo trago. Luego preguntó a Latour:

—¿Quieres que se vayan?

—Eso es imposible —contestó el francés. A esos canallas no los echa nadie.

—Sube y di que hay peste —sentenció Krieger.

A los pocos minutos Latour descendía de nuevo al camarote. Transmitida la idea de Krieger a la tripulación, ésta hizo correr la voz de un brote de peste a bordo y se produjo el milagro. Los facinerosos, aterrados, se lanzaron por la borda. «El Cleopatra», ya en calma y sin barbarie que mortificara su rumbo, navegaba a vela por un mar serenamente oscuro, dejando tras sí una estela de corales y peces voladores.

Tranquilizado Latour, descorrió los cortinajes, abrió de par en par el ventanal del castillo de popa y permitió que la luz de las estrellas invadiese la estancia. Respiró a fondo la brisa de la noche tropical, que era densa, caliente, y olía a sal, a brea y a un penetrante perfume de cocos con que el súbdito de la Francia solía refrescar el camarote.

Krieger le observaba. El francés, que había decorado su aposento con pieles de tigre, lampadarios, un flamante lecho árabe coronado con huevos de alabastro y doraduras, tapices con escenas de centauros copulando, cornucopias y otros símbolos de la abundancia, parecía vivir pendiente de las impresiones que causaban en él los objetos exteriores. En sus placeres, lo mismo que en sus gustos, debía ser veleidoso, y en sus pasiones, como hombre débil que era, más ardoroso que constante. El apátrida, apoyándose en estas conjeturas, jugó su baza:

—Me debes la vida —dijo.

Latour le miró entusiasmado. El hecho de sentirse dominado por otro hombre satisfacía de algún modo su complicada lujuria. No dudó en responder:

—No te debo nada. Ahora somos socios.

Krieger sonrió. Por fin, después de muchos años de vagar por este mundo sin realizar sus sueños, dos destinos incompletos se encontraban para bien de ambos. Latour veía en el apátrida la decisión y frialdad que él necesitaba para subsistir en aquellas latitudes. Krieger comprendió que el personaje refinado que consagraba su existencia a lo lascivo y disoluto con un fervor inquebrantable le era imprescindible para llevar a cabo sus planes. Se sentaron rodeados de botellas de kashira y así, bebiendo y divagando, perdieron la cuenta de las horas. Pronto se estableció entre los dos una estrecha amistad.

Amanecía cuando Latour ordenó a tres mulatas que se ocuparan del apátrida del modo más conveniente. Las mujeres le atendieron con esa sumisa sensualidad que ha hecho célebres a las siervas del Caribe. Le aplicaron masajes con aceite virgen de tamarindos, lavaron su larga cabellera con espumas y se la peinaron con láminas de carey. Latour, echado sobre el lecho, se dejaba abanicar con plumas de ibis escarlata por un efebo, mientras escuchaba a tres de sus músicos negros, el uno con un arpa eolia, el otro con una marimba y el tercero con un birimbao.

Llegó la comida. A Krieger le habían asado una cabeza de buey. La cogió por los cuernos y devoró los ojos, sesos y morros de la bestia, guardando para el final la lengua, que acompañó a su estómago insaciable con trozos de manteca. Latour comía ostras recién subidas del fondo de los mares y muslos de galápago sazonados con jengibre. Cuando hubieron acabado, el apátrida eructó durante largo rato. Al francés le vinieron las náuseas, pero supo perdonar aquella grosería, pues los dos hombres habían convenido en respetarse mutuamente los defectos.

Agobiados por el calor del camarote, subieron a cubierta dirigiéndose al puente. Krieger arrancó unas hojas de adormidera que refulgían con el sol y empezó a rumiarlas. Latour las fumaba, pensando que a través de los pulmones llegan antes a la sangre. Ya en las esferas de la abstracción, una vez que los efectos de la planta hubieron dilatado la percepción de los sentidos y el tiempo parecía detenerse, el francés refirió la historia de Vanira, su madre y amante. Estas cosas agradaban a Krieger, que admiraba las extravagancias de Latour y su perfecta disposición a la retórica. Esto fue lo que escuchó:

—Imagínate una mujer muy bella y satánica a la vez. Así era mi madre, hija de un árbol genealógico que la halagaba en su tronco cortesano traicionándola en su rama podrida. Con ella transcurrió mi infancia en una pequeña villa de Deauville, pues la cabeza de mi padre apareció un buen día degollada y sangrante sobre la mesa del aparador. Ella, en virtud de un rito extraño al que fue iniciada por la demencia de un militar sin graduación ni honor que se decía en posesión de la fórmula de la inmortalidad, degolló a mi padre con una hoz cuando regaba sus gardenias en el invernadero. A partir de entonces, convencida de que yo era mi padre, sólo que rejuvencido por los poderes diabólicos del sacrificio de la sangre, condujo mi vida de niño como la de un adulto, adiestrándome en las artes de la más terrible seducción. Escenas de celos que yo no alcanzaba a comprender, aproximaciones sensuales y sumisiones carnales se sucedían en la alcoba donde me tuvo recluido durante interminables meses. El mismo día en que cumplí los catorce años, ya enfermo yo de un amor perverso al que no pude sustraerme, violé aquel cuerpo que olía como el jacinto y sabía como la nuez. Ella, con la mirada extasiada y dulce, moría a las pocas horas de un dolor. Desde entonces, todas las noches de plenilunio, vuelve. Vanira, mi madre, mi amante más amada, vuelve, sosteniendo entre las manos una copa de ónice que contiene el licor de la imortalidad. Vuelve, incorrupta y limpia y me persigue entre sueños con su palidez romántica, su cabellera como un campo de arroz y las pupilas carnosas y blancas como las de una estatua.

Krieger quedó atónito. El francés, trajeado con una casaca de satén color tabaco y forrada de seda carmesí, con blusa de canutillo, calzas, medias blancas y chinelas de charol, con un collar de topacios al cuello, el rostro bilioso, los ojos ensangrentados y el corazón palpitándole en las solapas, había entrado en trance. Estaba sumido en un éxtasis profundo y Krieger le escupió a la cara para que volviera en sí. Devuelto a sus cabales, bajo un sol abrasador, Latour prosiguió su historia:

—Desde entonces, desde la muerte de Vanira, sólo me interesan las mujeres para imitar sus ademanes y tocados. Por eso tuve un amor apasionado con mi primo Lorenzo, a quien recuerdo le crecían claveles en el pecho y sonreía como una fuente. Era hijo de mi tío Georges, misántropo feliz poseedor de una gran fortuna, aunque tacaño. Con ellos viví algún tiempo, educándome a mi manera. Me hice maestro en yerbas, experto en venenos y jugador. A mi mayoría de edad me fue entregada una ridícula y grotesca cantidad que no llegaba al millón de onzas. Como soy capaz de cometer cualquier barbaridad con tal de no pasar desapercibido, y como no gozaba de bienes propios, me jugué el poco dinero que tenía en un casino de Venecia. Siempre me atrajeron las emociones que depara el juego, en las que el alma está de continuo mantenida en una especie de agitación estática. La sed de oro, el anhelo de fáciles ganancias y sobre todo la esperanza de arruinar al jugador que tuviese en frente para devolverle a su condición irracional, me arrastraron a un vértigo insondable y aposté todo a una sola carta. El azar no estuvo de mi parte. Sin pensarlo dos veces, eché sobre el tapete los títulos del patrimonio familiar, arriesgando en una nueva baza las mansiones y siervos de mi tío, con tan escasa suerte que propiedades y familias enteras pasaron en una sola noche a otro amo. Desde aquella dramática partida no he vuelto a saber del tío Georges, a quien presumo en relaciones poco amistosas conmigo. De Venecia marché a la corte austríaca con un diploma bajo el brazo, pues has de saber que soy Profesor de Amor por la Escuela de París. En palacio, cosa habitual entre aristócratas, el ambiente era elegante, espléndido y discreto, pero si penetrabas en la vida subterránea te encontrabas con un pudridero de pasiones. Allí, como los vieneses me resultaban torpes y aburridos y las mujeres sólo hablaban esa jerga infecta que es el alemán, hube de buscar refugio —aprovechando que la emperatriz le calentaba la cama al nuncio— en los brazos del emperador, que no era tan enérgico como se decía y sí más blando de lo que se pensaba. Obtuve del emperador por mis servicios una esmeralda y por callar lo de la primera dama una bula de su Santidad, que vendí en España, donde el mercado de indulgencias es el más aventajado. Eso sin contar unas piezas de plata que aún conservo y que me destinó el Consejo del Reino por olvidar las intrigas que desvelé. De la piedra y lo que me dieron por la bula salió «El Cleopatra», incluidas las reformas, la compra de esclavos en Argel y de las bailarinas orientales en Port Said. A grandes rasgos, esa es mi historia. Ahora cuéntame tú tu vida.

—Yo nací en los hielos y tengo por costumbre no hablar de mi pasado —repuso Krieger.

«El Cleopatra» avanzaba lentamente, sin que ola alguna se agitase a su pasaje. El apátrida habló de nuevo:

—¿Estás dispuesto a todo? —dijo.

—¡Qué remedio! —contestó el francés.

—Entonces, pon rumbo al sur. Allí conocerás a Slattery.

Latour comprendió que era inútil intentar sacarle una sola palabra más. El buque viró en redondo y se puso a sotavento.

IV

Antes de una luna «El Cleopatra» llegó a la
vista de Santa Inés de Itaguaí y ancló en una
rada de aguas transparentes. El apátrida disparó un cañonazo para anunciar a los de tierra que enviasen una barca. Momentos después una piragua remada por nativos acercó a
los navegantes a una playa rosácea plagada de
tortugas. El aire era húmedo y salobre y una
nube de mosquitos y jejenes se ensañó con Latour que, indiferente a las picaduras, sorbía
rapé. Los mangles, árboles que dejan caer sus
ramas hasta el suelo, en donde arraigan, echan
nuevos tallos y en poco tiempo forman una
frondosa selva, crecían por todas partes. Los
dos hombres se adentraron en el manglar a
golpe de machete y a su paso familias de monos carayás les lanzaban entre aullidos flores
de matopék, que tienen el sabor de la granada, el color de la violeta y huelen como el nar-
do. Sonaban allí los pájaros más por su plu-
maje que por su canto y los reptiles se escon-
dían con el crujir de las pisadas. Vieron un
jaguar, que también se ocultó, y un poco más
allá una aldea de pacíficos cuyunis, indios at-
léticos de frente deprimida, nariz aplastada,
labios colgantes y ojos de mirada macilenta.
Indolentes por naturaleza, son exigentes con

sus inferiores, familiares con sus iguales y fríos con los extraños. Krieger se sentó entre ellos sin prestarles atención, clavó el machete a un lado, apoyó el mosquetón sobre las rodillas y comió miel y frutos secos. Latour, incorregible, acariciaba a un adolescente y pedía precio por él a los ancianos. Como no lograron entenderse, no hubo trato. A la caída de la tarde, después de una marcha agotadora, llegaron a otra aldea, donde vivía Slattery.

Era éste un irlandés de más de sesenta años que de tiempo en tiempo se hacía a la mar en evocación de sus días de marino. Dicen que fue parido durante una borrachera de su madre y que desde entonces, tal vez por continuar la tradición de la familia, no había conseguido despegarse del alcohol. Aquel viejo de pelo rojo, mirada cristalina, boca hinchada, nervudos brazos y espaldas anchas, había instalado en medio de la jungla un conglomerado de alambiques e insólitos aparatos donde, según él, se destilaba el mejor ron de todo el universo. Slattery gozaba de gran fama entre piratas y asesinos, a quienes daba de beber y animaba en sus atrocidades y en su lucha contra la justicia. En su arte estaba comprender a los perseguidos que caían en la isla, bien dándoles consejo por su profundo conocimiento de los mares para que consiguieran escapar, bien simplemente escuchándoles. Nunca se había sorprendido de cuanto le contaron, y

46

como aparentaba ser peor de lo que era, siempre había sido temido, respetado y consultado. Con tal de vender su ron, poco le importaba el resto.

Al reencontrarse Krieger y Slattery la alegría fue recíproca. Mucho tiempo antes, enrolados en una empresa de trata, el apátrida le había salvado la vida. El irlandés negaba que los negros tuviesen alma y los manejaba como al ganado. En un descuido, un esclavo intentó estrangularle con los grilletes. Krieger, siempre atento, le partió al negro de un hachazo el espinazo en dos. Slattery, con los ojos encendidos y la memoria agradecida, relató a Latour aquel suceso. De seguido los tres hombres se comieron una iguana, un costillar de tapir y agotaron las existencias de la destilería, estimadas en más de quince cántaros. Embriagados y dispersos, hablaron de todo menos de aquello que les había traído a Itaguaí. Bien entrada la noche, después de oír el roznido de un puma hambriento entre el juncal, encendieron una gran hoguera y se durmieron.

Fue aquélla una noche de sueños asombrosos. El irlandés, que deliraba entre estertores violentos, apareció vagando en los médanos oníricos del ron, escoltado por una estela de vírgenes beodas que con cánticos góticos le instaban a que apuñalase la mítica efigie de Baco, para libar el alcohol inmortal de sus venas y erigirse ya para siempre en el nuevo dios de la vid. El francés, apresado en un apacible éxtasis cóncavo al fondo de un palacio de coral, se atribuía la tutela de las auroras boreales y se sentía el rey de las guirnaldas. Krieger, que había tardado en dormirse debido a que la iguana se revolvía en su vientre como se revuelve un enemigo acosado, volvió a soñar con las Islas Transparentes, a las que sólo se podía acceder a través de los túneles diáfanos, vertiginosos y arcanos de la imaginación. El lejano lugar lo integraban varias islas cuya fe en la utopía las había dotado de una singular transparencia. Tanta belleza ignota sobresaltó su entendimiento y de no haber sido por los gruñidos y las convulsiones de Slattery que le devolvieron al centro de lo que se ve, se toca y se siente, jamás hubiera descendido del limbo en el que el caos y la paz son sinónimos. Mucho tiempo antes, Ivo de Arnós ya se lo había advertido:

—La locura es el mayor peligro del hombre. Guárdate de los sueños. Conozco muchos que nunca regresaron de ellos.

Slattery y Latour despertaron luego que el sol hubo alcanzado el cenit, bajo una gruesa lluvia que levantaba nimbos de vapor, y encontraron al apátrida sorbiendo piñas. El arco iris se encaramaba sobre el horizonte, los cráteres de los volcanes apagados se habían convertido en lagos y toda la tierra olía a vegetal. Como estaban empapados se resguardaron en la barraca del irlandés, hecha de hojas, cáscaras y cañaduz. Krieger, mientras secaba sus manos en un paño mugriento, propuso viajar a las Islas Transparentes.

—¿Adónde? —preguntaron los otros dos a coro.

—A las Islas Transparentes —contestó Krieger.

Slattery, que se lavaba la cara con aguardiente, jamás había oído hablar de un lugar así.

—¿Y eso dónde está? —preguntó.

—Más allá de los siete mares —dijo Krieger.

—¿Y tú cómo lo sabes? —inquirió entonces el francés.

—Lo he soñado —contestó el apátrida.

Slattery y Latour se miraron pensando que Krieger había enloquecido. Éste prosiguió:

—Francés, ¿no sueñas tú con tu madre, con la Vanira esa? Y tú, irlandés, ¿no deliras cuando te vienen las fiebres del ron? Pues yo también hago esas cosas. Lo he soñado, y sé que lo que digo es cierto. Esas islas están en alguna parte —concluyó.

La lluvia no cesaba, golpeaba fuertemente contra el techo confundiéndose su ruido con el de las gárgaras que hacía Slattery. Latour sacó del garvier de la casaca una bolsa repleta de yerbas alucinógenas y una pipa de cuerno de antílope. La llenó hasta los bordes, encendió yesca y los tres empezaron a fumar en silencio con gran delectación. Krieger continuó:

—En las Islas Transparentes todo es posible, todo se permite. Allí la gente no es como aquí, falsa y ambiciosa. Es otro mundo. Allí cada uno es como es, hace y dice lo que quiere. No hay leyes ni nunca las hubo. El vicioso es vicioso, el justo es justo, se vive bien. Mandan los instintos. Se lucha por lo que se cree. Lo he soñado —terminó diciendo.

Latour no se atrevía a contradecirle y Slattery parecía dispuesto a salir una vez más de Itaguaí. Volvió a hablar el irlandés.

—¿Y qué hay que hacer para llegar a las Islas Transparentes? —preguntó.

—Ponerse en marcha —repuso Krieger.

Las faenas preparatorias duraron dos semanas. En el intervalo, los hombres trabajaron incansablemente repartiéndose diferentes misiones. Slattery se encargó de examinar «El Cleopatra» desde la quilla hasta la arboladura, ordenando reparar todas las deficiencias encontradas. Mandó calafatear el buque, coser un nuevo juego de velas, equilibrar la brújula y engrasar el astrolabio. Se subieron a bordo sirenas de mano, baldes de madera, escobones, palanquetas, antorchas, y se compró lo necesario para aprovisionar la expedición. Los géneros adquiridos se pagarían con dinero de Latour y fueron depositados en un cobertizo que se improvisó en la playa.

El irlandés recorrió Santa Inés de Itaguaí de punta a cabo, inspeccionó el mercado, visitó bodegas y almacenes, trató con nativos y regateó hasta conseguir lo que quería al precio deseado con buhoneros portugueses e italianos. Cuando hubo comprado lo imprescindible repasó la lista con Latour, que llevaba la contabilidad de manera minuciosa. Se almacenaron conservas de todas clases: mermeladas, sacos de frijoles, panochas, toninas desecadas, especias, licores y casi media tonelada de frutas, como papayas, mangos y algunos cítricos para combatir el escorbuto. En jaulas revestidas con redes iban cien pollos, veinte terneros y una docena de boas destinadas a exterminar las ratas de la bodega. En previsión de posibles contratiempos o de incursiones en alguna isla solitaria, Krieger trajo cuatro mulos con sus correspondientes arreos, ocho mosquetones, dos trabucos, sables, cincuenta barriles de pólvora de arroba y media, cinco sacos de metralla y un par de pistolas de duelo que le regaló una ramera a la que hizo soñar. Además, para traficar con los salvajes que pudiesen tropezar en el viaje, se agenció dos fardos de telas de algodón y una serie de objetos deslumbrantes, coma espejos, sombrillas de vivos colores y ocho cajas de abalorios.

A la hora de pagar surgieron los problemas. El dinero de Latour no alcanzaba y hubieron de idear ciertas irregularidades que hicieran frente a los acreedores, dispuestos a todo con tal de cobrar sus deudas. El francés reclutó con este fin un trío decadente integrado por una condesa, un fraile y un pianista. La condesa era una portuguesa raquítica que recurría al corsé para mantenerse derecha. Remilgada, inexpresiva y con la mente averiada, buscaba por aquellos parajes a su amante, que ante tal compendio de tristeza se había fugado de su lado. Latour la interrogó con extrema educación y obtuvo la descripción del casanova. Luego convenció a la desdichada que no sólo le conocía de toda la vida sino que también sabía dónde hallarle y que la aguardaba con el mismo ardiente amor con que ella alimentaba su existencia. A cambio de depositarla junto a él, la sacó doscientas piezas de oro, un collar de perlas y un liguero bordado en brocatel de seda negra para sus noches locas de travestí. Con el fraile la transacción fue mística y algo más dificultosa pues la gente de religión está muy aferrada a la materia. Aquel ser obeso, cejijunto y de agrio resplandor se llamaba Don Ofidio, nombre que le daban en Itaguaí por su desmesurada afición a desconcertar niños. El francés le demostró el daño que estaba causando entre los cristianos de la isla y haciéndole creer que «El Cleopatra» zarpaba hacia Tierra Santa, le aconsejó el viaje para fortalecer la fe resquebrajada y purificar su espíritu corrompido. Creado el estado de ansiedad divina, resultó fácil inducirle a vender la cruz, el sagrario y las reliquias de la ermita. Don Ofidio reunió poco más de treinta monedas de cobre con las que se presentó ante Krieger. Tímidamente le enseñó el fruto de la venta y el apátrida, pensando que los religiosos traen mal agüero, cogió la mísera cantidad y dijo:

—Lárgate, hechicero, y no vuelvas más.

Don Ofidio· salió despavorido. Jamás regresó. El pianista era anglosajón y su deseo de ver mundo le había embarrancado en aquella costa con su inseparable piano de cola tallado en marfil y un centenar de partituras. Decía llamarse Garthwaite, haber nacido en Windsor y estar educado en Eton. Más tarde se supo la verdad. Hijo del campanero de la famosa institución, había asimilado a fuerza de imitar la conducta aticista de los colegiales la distinción que le caracterizaba y que tan favorablemente impresionó a Latour. Iba vestido al modo colonial, aunque las influencias del estilo imperio se delataban en su cardada peluca. Los bordados de la blanca camisa, los pantalones de lino y unos botines de nácar completaban su atuendo. El muchacho, alto, rubio y delgado, de una belleza casi andrógina, no tenía fortuna. Sólo contaba con su aire romántico y sus aptitudes musicales. Latour, que veía con pesimismo la odisea a las Islas Transparentes, cifró en el joven Garthwaite las ilusiones futuras y platónicamente le abrió su corazón. Sustrajo veinte piezas de oro del lote que había aportado la condesa y con ellas justificó ante Krieger y Slattery la presencia del nuevo pasajero.

En el décimoquinto día «El Cleopatra» se encontraba listo para hacerse a la mar. Los víveres, las municiones y el resto de la carga ya habían sido embarcados y estibadas trescientas pipas de agua en la bodega. Entonces, Krieger pidió gente. Al llamamiento acudieron buscavidas y marineros de todas las naciones, que exigían ser pagados por adelantado. El apátrida les dijo que no quedaba dinero y les prometió tesoros fabulosos y una travesía sin riesgos. Una veintena de hombres aceptó enrolarse y esa misma tarde, en compañía de Slattery, Latour, la condesa, Garthwaite y el piano, subieron a bordo. Krieger permaneció en tierra para saldar cuentas con los acreedores. Mientras pagaba a los más peligrosos emplazando a los inofensivos para la mañana siguiente, conoció a Sonio, un negro ágil como una pantera y asustadizo como un gato. El salvaje, que no sabía vivir sin obedecer, andaba en busca de un amo. El apátrida le tomó a su servicio haciéndole una sola advertencia:

—Si te descuidas, te mato.

Ayudado por Sonio, amparado en las sombras marinas, abandonó la playa y remó hasta el buque. A bordo la impaciencia era general.

Krieger le gritó a Slattery, que estaba encaramado sobre el timón:

—¡A las Islas Transparentes!

El irlandés ordenó levar anclas y largar velas.
Como no sabía qué rumbo tomar, echó un
buen trago de ron y se entregó a la casualidad.
«El Cleopatra» barajó la costa durante algunas millas y por fin —sin saberlo— se lanzó a
la aventura más alucinante de todo su tiempo.

V

Las primeras semanas de navegación fueron
de bonanza. De día, en general, el mar estaba
en semicalma y ventolinas esporádicas hacían
flamear el velamen y chirriar los foques. Las
aguas tenían un tono verde cárdeno y bancos
de arenques acompañaban al buque alejándo-
se de él cuando se presentaban las temibles
barracudas. Las noches, luminosas en la oscuridad, eran serenas, profundas. Garthwaite las
amenizaba con conciertos para piano. Las
constelaciones, atraídas por la música, descendían de los cielos y se decidían a pasar entre
vergas y cuerdas. La luna iba sorteando nubes,
seguía a la embarcación de lejos.
En el viaje Slattery esquivó cuantas fragatas
de guerra encontró a su paso. También escapó a un gigantesco velero que venía de Cal-
cuta cargado de leprosos. En una ocasión, obe-
deciendo una señal de Krieger, llamó la atención de una goleta disparándole una salva.
Unos momentos después, se arrimó al costa-
do y el contramaestre, un turco con el pelo
ensortijado y la cara cubierta de tatuajes, preguntó al apátrida qué se le ofrecía. Llegaron
a un acuerdo y canjearon el material humano
de los tiempos del burdel —mulatas y sirvientes, a excepción del cocinero— por harina de

boniato, huevos y carneros. A partir de este encuentro «El Cleopatra» no se cruzó con nadie. Tomó puerto en la isla de Yohimbé, donde las ardientes emanaciones de las plantas aromáticas desquiciaron a la tripulación. Enajenado por completo, uno de los hombres atacó a Latour. Éste se zafó con rara habilidad y lo tumbó en cubierta, apuntándole en la nuca con un milanés, una pistola de fabricación europea que parecía un juguete y que siempre ocultaba entre los forros de la manga. El apátrida le aconsejó:

—Si lo dejas con vida buscará el desquite, mátalo.

El francés le voló los sesos. Acto seguido le sacó la bala del cráneo con un estilete y comentó:

—Siempre uso la misma. Es de oro.

Krieger le cerró la boca al muerto, lo cargó al hombro como quien carga un fardo y lo arrojó por la borda. Un torbellino de sanguinarios tiburones tiñó las aguas de púrpura. Sonio se puso lívido, la condesa se refugió en su camarote y Garthwaite sintió que el alma se le espantaba para siempre. El suceso provocó la ira de los compañeros, que se amotinaron. El hermano del desaparecido embistió contra el apátrida. Éste le desgarró la cara con las espuelas y lo tiró al mar para reunirlo con la familia. Después se frotó las manos con ron borrando la fría sensación que los cuerpos habían dejado en su piel. La tripulación volvió a sus puestos.

Tras la falsa serenidad del horizonte se ocultaban alarmantes infortunios. La aguada comenzó a pudrirse. Hubo robo de víveres. La enfermedad del sueño acabó con las mulas. Las ratas proliferaron de tal modo que se comieron a las boas. Al cocinero le entraron calenturas y fue quemado vivo por si se trataba de malaria. Un viento de poder desconocido rompió los palos y se llevó las velas. En resumen: a las catorce semanas de haberse iniciado aquella travesía nadie apostaba por su propia vida.

Días más tarde «El Cleopatra», que andaba a la deriva desde que había traspasado la línea equinoccial, arribó a un archipiélago de arenas movedizas. Desembarcó la gente con la esperanza de hallar frutas y caza. Fue en vano: sólo encontró desolación y espanto. El calor era sofocante en aquellas tierras pantanosas. Los tábanos picaban con fuerza y la niguas —que se introducen entre cuero y carne— causaron la muerte de dos hombres. Allí no acabaron las desgracias. La condesa cayó presa de agudos calambres abdominales, retorciéndose como una culebra atravesada por una estaca. Primero tuvo vómitos, luego evacuaciones albinas de sustancias mucosas que se transformaron en biliosas, verdosas, negras y fétidas. Su rostro tomó la apariencia del más vivo sufrimiento. Era el cólera: hubo que abandonarla. Salieron de la ciénaga en un bote que remolcó el buque hasta mar abierto. La gente estaba extenuada.

«El Cleopatra» avanzaba lentamente, impulsado por un misterioso flujo submarino al que Slattery dio el nombre de Corriente del Demonio, deslizándose sobre millones de millas con una carga que jamás se volvería a fletar. De pronto cambió el clima. Descendieron pesadas nubes, se levantó una espesa bruma y en pleno día se extinguió el sol. La humedad se intensificó hasta grados tan culminantes que redujo a los hombres a un estado de completa atonía. Columnas de vaho y vapores de azufre se elevaban desde la superficie del mar, que se presentaba helada, tenebrosamente oscura. Eran los funerales de la luz.

A medida que pasaba el tiempo fueron apareciendo arrecifes formados por escollos basálticos e islotes de pómez. Encima de ellos reposaban murciélagos de más de tres metros, semejantes a los pterodáctilos de épocas pretéritas. Tenían un color rojo negruzco, el cuerpo cubierto por pétreas escamas y sólo movían los párpados. Cuando volaban su vuelo era lento, pesado y emitían sonidos que recordaban los luctuosos himnos histéricos de un loco devorado por ratas en un callejón sin salida. Los hombres dijeron que aquellos fósiles vivientes en los que rebotaba la metralla y no penetraba el arpón, eran monstruos que anunciaban la entrada en los infiernos. La fuerza de esta convicción se hizo incontestable cuando uno de los murciélagos succionó los ojos del vigía de popa. El hecho, unido a causas ocultas motivadas por el pánico, indujo al resto de la tripulación a quitarse la vida. «El Cleopatra» surcaba el Océano de los Murciélagos, que separa el mundo conocido del imaginario, de donde nadie había regresado para contarlo.

Latour, bañado por el fulgor sepulcral y vago de una antorcha, observaba desde el puente cómo Krieger descolgaba de una de las argollas de la bodega el último suicida. El cuerpo sin vida del desgraciado, que había elegido la soga para escapar a los horrores, se balanceaba entre las sombras. Como el apátrida no pudo desatar la muerte, sacó el machete, dio un paso atrás y asestó tal golpe que el que pendía cayó con gran estrépito sobre los espejos, que devolvieron mil imágenes macabras del cadáver. El francés se estremeció pero permaneció impasible. Apoyado sobre el barandal, jugaba con el liguero de la condesa que iba y venía entre sus largos dedos de salientes nudillos. Sin importarle demasiado lo que decía se dirigió a Krieger.

—No llegaremos —dijo.

El apátrida enfundó el machete, se limpió el sudor de la frente con un manojo de algas y sin volverse al puente, seguro de que Latour le observaba desde arriba, contestó:

—Llegaremos. Lo he soñado —dijo, y se puso a buscar en vano alguna rata en la bodega.

Slattery cantaba una angustiosa canción irlandesa, la misma de todas las horas, de todos los días. Andaba completamente borracho y en un tropiezo se agarró a la campana y la hizo doblar. El tañido fue claro e inquietante, devolviendo el océano ecos lúgubres llenos de amenazas. Krieger le ordenó que se quedara quieto y mandó a Latour a contar los sobrevivientes. «El Cleopatra» avanzaba a tientas a través de la bruma, lentamente, como si tuviese los rumbos vendados. Garthwaite intentaba despegar las partituras que la humedad había convertido en un compacto bloque de semifusas y corcheas. Sonio, asomado a una escotilla —creyendo que eran las rejas del averno— balbucía sonidos ininteligibles con los que pretendía alejar a los espíritus malignos y a los murciélagos. El francés volvió y dijo:

—Quedamos cinco. Tú, yo, Slattery, Garthwaite y el negro.

Krieger permaneció pensativo durante unos instantes. Le crujían las tripas, le maullaba la tráquea. Latour podría muy bien ser un espectro cuyo perfil demacrado ondulaba en el vacío, cuyas piernas apenas sostenían sus decalcificados temblores. En la última semana, desde que se acabaron las ratas, sólo se habían alimentado a base de musgo marino y hongos de esponja. Estaban desfalleciendo. El apátrida comentó:

—Hay que comerse al inglés.

—¿Y por qué no al negro? Parece más lógico, ¿no? —intervino el francés.

—No. El salvaje es puro músculo. El inglés está tierno —arguyó Krieger.

Sonio asó a Garthwaite a la manera nativa, demostrando además de mucha destreza una gran práctica. Escogió el momento idóneo y no abrió el cadáver hasta que se hubo disipado el calor latente y desaparecido el peligro de infección. Esto fue a las catorce o quince horas de haber ultimado al inglés de un seco mazazo en la nuca, como si fuera un reptil. Entretanto, preparó el fuego y frotó un hierro de unos dos metros con un paño empapado en ron con el fin de sacarle el óxido. Transcurrido el tiempo oportuno, separó la cabeza del tronco, vació las entrañas del muerto y lo atravesó con el hierro desde el ano hasta el cuello, colocándolo encima del fuego y esperando —mientras avivaba las llamas y lo rotaba— que cogiera su punto. Los brazos y piernas del pianista caían inertes cercando la escena. Puso las vísceras y parte del cráneo sobre las brasas y de vez en cuando también las cambiaba de lado. Cuando estuvo listo el asado lo adornó con plumas de pollo y avisó a los hambrientos comensales. Nada más comenzar el festín, Krieger —en un gesto simbólico— pinchó con un sable el corazón de la víctima y se lo ofreció a Latour, que lo devoró entre sólidas lágrimas. Aquello tenía algo de sacrificio sublime, de canibalismo poético. El irlandés comentó:

—Esto sabe a ternera.

Terminado el banquete, el salvaje saló las partes sobrantes conservándolas para días posteriores. El olor a carne quemada quedó flotando en la memoria de todos.

Krieger creyó oír algo y echó a andar mosquetón en mano por el centro del buque. Se dirigió a proa indicando al negro que siguiese a popa. Con Latour no se podía contar: tenía la mirada fija en el vacío y los botines de nácar del pianista aprisionados contra su pecho. Con Slattery tampoco: roncaba echado sobre la borda.

Las irrupciones violentas de las mareas produjeron temblores de mar, agitando la embarcación durante dos largas horas. Al cabo de ellas se calmaron las aguas y empezó a aullar el viento. De repente un ganso gigante salió de entre la bruma y cruzó sobre el puente azotando las alas y lanzando graznidos. A los cuatro se les heló la sangre e imaginaron cosas distintas. Sonio vio piratas por todas partes, buques negreros que venían a su captura para venderle en Luisiana. Latour pudo distinguir con toda nitidez cómo se aproximaba la escuadra imperial inglesa con la intención de vengar a su súbdito Garthwaite. Slattery sintió la cercanía de una destilería náutica. Krieger, tierra firme. Los blancos no tardaron en advertir que sólo eran fantasías truculentas, una mala pasada de los nervios que ya no respondían a nada, pero el salvaje se dejó llevar por la histeria. Rodeado por una horda de enemigos imaginarios empezó a soltar una teoría de escalofriantes gritos de terror. Krieger disparó el mosquetón para devolverle a la realidad pero Sonio continuaba gritando cada vez más fuerte, con verdadera vocación lunática. El apátrida corrió hasta popa y lo mató de un tremendo culatazo en la nuez. Después murmuró:

—Te lo había advertido.

Serenados, Slattery montó guardia en el puente, Latour encendió su pipa y Krieger cargó de nuevo el arma. El salto armónico y solitario de un delfín les pareció a los tres como un cuento de hadas. Antes el ave y ahora el pez eran buenas señales en las que depositar las últimas expectativas. El Océano de los Murciélagos, que les había recibido con un cortejo de dolientes noches eternas, les empujaba mágicamente hacia las legendarias Islas Transparentes con que Krieger había soñado.

VI

«El Cleopatra» había rebasado la región de las brumas. Por primera vez en muchos meses el sol incendiaba el horizonte con sus destellos sanguíneos. El mar era un triple milagro de calma, transparencia e hipocampos.

Como por encanto se apareció ante Krieger una visión tan insólita que por un instante creyó estar bajo los efectos de un hechizo. Slattery y Latour no conseguían disociar la realidad de la hipótesis y pensaban que se trataba de un espejismo, de una impresión que no podía alcanzar más que la sombra de sus propios anhelos. Pero no, lo que a los tres les tenía extasiados era cierto: separando la región de las brumas del reino de la luz, en medio del límpido océano, sentado sobre una plataforma cuadrada en lo alto de un palo de unos noventa metros, había un negro con el pelo encanecido y la mirada perdida en la distancia. De pronto, habló desde lo alto de su palo y pareció como si su voz emergiera lenta y cristalinamente de las profundidades.

—Bienvenidos a la antesala de los sueños, soñadores. Soy el Negro Dolores, el que huele los terremotos y los hechos futuros, el que hipnotiza el mar, el que se alimenta de aromas, el que habla con los vientos, el de la inaudita longevidad, el adelantado de las Islas Transparentes. Bienvenidos, soñadores. Pronto os adentraréis, como ya lo hicieron muchos a lo largo de los siglos, en un prodigioso mundo en transparencia. Veréis la verdad de la vida en toda su horrible y perfecta maravilla, llegando hasta donde vuestra imaginación os lo permita: que en las Islas Transparentes no encontraréis otra fuerza que os mueva sino el poder de la propia capacidad de ensoñación. Viviréis a fondo, porque los habitantes de los sueños sobreviven como impulsados por un vértigo que no sabe detenerse.

—Entonces, ¿existen las Islas Transparentes con las que yo había soñado? —preguntó el apátrida con asombro.

—Todo aquello con lo que se sueña existe. Lo que no existe es todo aquello que creemos que puede ser real. Sí, soñador, las Islas Transparentes se hallan a tu alcance. Estás a punto de penetrar en ellas —repuso el Negro Dolores submarinamente.

—¿Desde hace cuánto existen? —inquirió Latour.

—Las Islas Transparentes nacieron hace miles de años de los favores que la leyenda otorgó a la realidad —siguió diciendo el Negro Dolores. Crecía entonces en nuestros campos la planta de la libertad, blanca y dulce como el azúcar, y los soñadores comían de ella hasta el hartazgo. No había leyes ni moneda y cada

66

individuo gozaba de los vicios necesarios para hacer frente a su existencia. Construimos una civilización basada en lo etéreo y puramente positivo. Las artes alcanzaron grados sublimes, las pasiones su espiral y la vida ese remanso de plácida locura donde los designios por los que se rige la naturaleza acceden a la armonía general. Consagramos templos a la imaginación, al amor y a nuestra divinidad suprema: Cumaná, la vaga sombra del destino eterno.

—Lo que yo os decía —comentó Krieger a sus compañeros. Aquí se vive bien.

Esta interrupción hizo que la mirada del Negro Dolores se llenase de amargura, hundiéndose como la de un asceta en el paisaje de una incomprensión. Al fin salió su voz de las profundidades de los mares y entre ruidos de burbujas continuó con su relato.

—Aquí se vivía bien. Pero como los hombres de vuestro lado de la tierra no son transparentes, no supieron traer sino la ambición humana, la cual ha hecho que la región de los sueños sea un territorio donde sobrevivir consiste en disputárselo a la muerte. Y es que con los sueños sucede como con las aves que en lejanía son perfectas, y en la mano, áspera pluma y maloliente estupidez.

—Entonces, ¿aquí se puede morir? —inquirió Latour.

—De las maneras más inverosímiles, dulce y violentamente —dijo el adelantado. Vuestra única defensa será vuestra imaginación. También la amistad que entabléis con seres alucinados y sensibles. Si caéis en manos de un soñador vulgar llegaréis a sucumbir por asfixia mental, y si se abriera vuestro cráneo después de la muerte sólo se sacaría tocino. La vulgaridad contagia densos conceptos profanos que ocupan un lugar sagrado en nuestro entendimiento. Mientras la atendemos nos perdemos el paso de los delfines por la luna. Tocarla es comprender la nada. Antes, cuando no había vulgaridad, era distinto. Antes, nuestro pueblo de soñadores puros no sabía de la existencia del Viejo Mundo. Ninguno de nuestros eruditos había previsto que detrás de las paredes de bruma que ponen límites a las Islas Transparentes pudiera haber vida conocida. Esta ingenuidad, este acto de soberbia imperdonable, supuso para los soñadores por generación espontánea el fin de toda ensoñación. Si no habíamos previsto la existencia de otros seres, menos aún estábamos preparados para una posible invasión, pues al ser el nuestro un pueblo pacífico de raíz sentimentalmente anarquista, ni estaba capacitado para organizarse ni para repeler un enemigo con el cual nadie había soñado.

—¿Os atacaron? —preguntó Krieger.

—Peor. Nos invadieron —dijo el Negro Dolores.

—¿Quién os invadió? —preguntó Slattery.

—La medianía, la escoria del Viejo Mundo —repuso el anciano. Mercenarios, falsos profetas, revolucionarios prostituidos, artistas sin musa, censores sarnosos y ganapanes obtusos, buitres con peluca de borrego, verdugos, apóstoles del crimen y mercaderes que a cambio de oler unas piezas de plata son capaces de sacrificar sus aspiraciones mediocres. Como vosotros, fueron acogidos con sorpresa y hospitalidad. Pensábamos que estarían dotados de imaginación. Sus burdas mentes, violentas intenciones y podridas manías no tardaron en sacarnos del error. Desembarcaron un bagaje funesto: remordimientos, prejuicios, calumnias, sobornos, chantajes y odios vinieron con ellos. Los auténticos habitantes de las Islas Transparentes llamamos a aquéllos la invasión de las bestias, y no sin razón. Profanaron nuestros templos y prohibieron el culto a Cumaná, dios de los deleites y de los sueños diurnos. Derruyeron su santuario —el archipiélago volador a donde los hombres se acercaban para hablar con el Zodíaco—, e instauraron sus dogmas y fetiches, que no corresponden a ninguna religión sublime. Desterraron a nuestros artistas a un árido sueño, a un lugar del que no se regresa. También han destruido la morfología de nuestras alucinaciones: en todos vuestros sueños aparecerán sus tenderetes de ropa usada y sus puestos de carne de oveja. Antes se veían campos enteros llenos de mujeres y cisnes, se comían faisanes y nutrias, se bebía ambrosía. Ahora las gentes se nutren con pastas resecas rociadas con salsas viscosas que nublan la razón. Ahora se obliga a vestir a un pueblo que iba desnudo. Ahora, en un mundo donde nunca había sido necesaria, se ha implantado algo tan temporal como la ley.

—Temporal y necio —interrumpió Latour.

—¿Qué nos aconsejas hacer? —preguntó Krieger.

—Quien llega hasta aquí ya no puede retroceder jamás —sentenció el Negro Dolores. Ya sois habitantes de las Islas Transparentes, ya estáis soñando para siempre.

—¿Cuántas islas hay? —volvió a preguntar Krieger.

—Tantas cuantas seáis capaces de alcanzar. Ahora bien, si alcanzáseis una isla y con ella la felicidad, permaneced en ese sueño. La próxima isla podría ser maravillosa pero también terrible. Hay gente que sólo encuentra islas angustiosas. Estad alerta. Es importante que quien os introduzca en una nueva vía onírica sea un ser verdaderamente transparente, de lo contrario caeréis en las ondas ciegas de lo que se desintegra. Y no olvidéis que en este mundo todo ocurre a golpe de incontenible vibración, como si un fluido mágico hiciera noche en vuestras venas, catapultando vuestras células a una especie de civilización etérea donde el que triunfa es aquel que se deja arrastrar por las gloriosas fiebres de lo fantástico.

—¿Pero qué diferencia hay entre el Viejo Mundo y estas islas? —preguntó Latour, que, empezaba a sentir como un gélido vacío le recorría el cuerpo.

—En estas islas, por eso se llaman transparentes, no cabe la simulación ni el engaño —contestó el Negro Dolores. Aquí, todo, bueno o malo, se ve y se comprende hasta el fondo. Las miserias humanas quedan al descubierto. Veréis que los soñadores puros no ocultan sus debilidades, mientras que los impuros, en vano pretenden hacerlo. Estad cerca siempre de la transparencia y no seréis abandonados de la felicidad. El sol, máxima luz, os guiará.

El Negro Dolores terminó su discurso con los labios encogidos como una bolsa cuyos cordones se estrechan. Cesaron las burbujas y su voz no se volvió a oír. Los tres nuevos habitantes de las Islas Transparentes le hicieron cientos de preguntas, pero el vigía, ya devuelto a su abismo espacial, no repuso a ninguna de ellas. Los hombres dispusieron un bote, se encararon con el sol y remaron hacia playas ignoradas. «El Cleopatra», incomprensiblemente, ante el asombro de todos, se deslizaba tras ellos como atraído por un imán invisible, siguiendo la delgada estela que la chalupa dejaba sobre aquel mar balsámico y translúcido.

VII

Remaron durante horas sobre aguas silenciosas, sin hablar entre sí, como atrapados por
una costumbre. A Krieger le brillaba el azul
de los ojos, a Latour el charol de las chinelas
y a Slattery la suciedad.
Una suave brisa adormecía los sentidos y
agosto venía por el aire.
De golpe hizo irrupción en la mente de los
hombres una hilera de rostros, una fantasmagórica sucesión de expresiones andróginas en
su totalidad perfectas. Creyeron poder tocar-
las, sin embargo estaban más allá del alcance
de todos, incrustadas en la claridad de los abis-
mos lejanos.
Acto seguido una impresionante montaña de
oro emergió de las profundidades y cubrió los
rostros. El inaudito resplandor de sus laderas
deslumbró a los hombres.
—Parece como si el sol saliera del fondo del
mar —comentó el irlandés.
—No puede ser oro porque flota —arguyó el
francés.
—He aquí mi mundo —murmuró el apátrida.
Era una isla dorada. En ella se veían grutas,
cascadas de agua vaporosa e interminables bosques de aguacates. Pusieron proa a tierra. «El

Cleopatra», fiel a su misteriosa misión, iba tras ellos sonámbulamente.

Apenas habían avanzado diez millas cuando a su encuentro salieron los más antiguos pobladores de las Islas Transparentes: los adoradores de Cumaná, los cumas, de piel aceitada y mirada celeste. Les recibieron con buganvillas y dátiles y les invitaron a subir a sus canoas, largas y seguras.

Los cumas hablaban un idioma parecido al del mundo de la nostalgia, cuya claridad y sencillez hacen universales todas las palabras llenando de música la construcción de las frases. Todos se entendieron en seguida y a Latour no le costó ningún trabajo explicar las desventuras que había atravesado la expedición, que a nadie sorprendieron pues en anteriores ocasiones otros desesperados habían alcanzado aquella isla relatando peripecias similares. Un viejo cuma —para demostrar que creía cuanto oía— señaló con el brazo y el francés descubrió de una sola ojeada un cementerio marino. Cientos de naves cubiertas de años, moho y excrementos de aves, con lapas y moluscos adosados a los cascos, yacían varadas en un banco de arena adonde apenas salpicaban las olas. El viento —ligero y ardiente— entraba y salía por escotillas y troneras haciéndolas gemir. Parecían fantasmas de carcomida madera nacidos hace una inmoralidad de tiempo. «El Cleopatra» se integró a su destino y encalló junto a los galeones, galeotes y fragatas que allí se consumaban.

Momentos después el viejo cuma mostró a Latour cestas de cáñamo repletas de cebos afrodisíacos aromatizados con láudano, contándole que eran pescadores de sirenas que habitaban una pequeña cala de la isla dorada, más conocida por el nombre de Puerto Vaguedad.

Los cumas remaban con extrema suavidad, como si no quisieran perturbar el sueño submarino de las sirenas, deslizando las canoas en dirección a la costa. Sus collares de cristal de roca sonaban cristalinamente al ser introducidos los remos en el agua. Ya quedaban lejos las nefastas jornadas vividas en el Océano de los Murciélagos, ya no resistían los recuerdos ni un solo instante de reflexión. Todo estaba delante.

Puerto Vaguedad se divisaba en lontananza. Era un poblado de casas marineras, un amontonamiento de tejados bajos y claros entre los que se adivinaban callejuelas de líneas laberínticas inundadas por una luz color siena. Al fondo aparecía la sierra, una jungla impenetrable aclarada por diáfanos arroyos que descendían hasta las faldas de la montaña dorada regando huertas y dando de beber a las bestias en los corrales.

A medida que se aproximaban a tierra vieron garzas azules, pelícanos rojos, flamencos rosados y verdes caimanes recostados en el oro que imanaba la isla. Los árboles copaibas, de cuyo tronco se extrae un bálsamo que untado en los labios prolonga el sabor de los besos, salían del agua y sus copas estaban llenas de micos que machacaban huesos de frutas y se abanicaban con hojas de palma. A Krieger dejó de inquietarle tener que vivir hasta que viniera la muerte en aquel paraíso.

Un gentío de cumas desnudos aguardaba en la arena. Se adelantó un indígena y dijo a los hombres:

—Sed bienvenidos. Seguidme.

Fueron guiados al centro del pueblo. Se internaron por una calle, luego otra y cien más, y al cabo del tiempo se encontraron en una plazoleta baldía. El cuma indicó:

—Aquí es.

La vieja casa solariega se alzaba ante ellos con su mole granítica y su aspecto conventual. Traspasaron un grueso portón cuyas bisagras resonaban a catacumba y cuya aldaba había sido robada, un ancho corredor abandonado a la yedra y salieron a un patio de losas con un naranjo en el centro. Luego ascendieron por una escalera desvencijada hasta llegar a una sala espaciosa, rectangular, con dos balcones al patio, estrechos y muy separados. Tenía aquella estancia un encanto mortecino. Las paredes estaban desconchadas y los artesonados a punto de desplomarse. Hacía menos calor que en la calle y sólo se oía el desagradable chi-

rriar de un *arara-araundi* —ave loca e irrespe-
tuosa— que miraba a los visitantes desde el
respaldo de una mecedora de cedro. Krieger
la apartó de un manotazo y se sentó con el
mosquetón apoyado en las piernas. Slattery in-
vestigó unos estantes en los que había unas
raras piedras que irradiaban una tenue luz y
Latour aprovechó la ocasión para inspeccionar la figura del cuma. Pasados unos instantes
de espera se abrió una puerta que daba a un
pasadizo e hizo presencia un anciano de barba
encenegada, ojos brillantes y arábiga piel. Vestía una bata grisácea, sandalias de esparto y
sostenía en las manos un recipiente lleno de
«plata viva», la médula del mercurio, como ex-
plicaría más tarde. Su hundida voz habló:
—Bienvenidos a Puerto Vaguedad. He orde-
nado que os condujeran ante mí.
—¿Y tú quién eres para ordenar? —dijo Krieger.
—Masmansur —repuso el anciano con los
ojos nublados de orgullo. Soy el único hombre de todo el universo que defiende la idea
del desarrollo continuo en el mundo sublu-
nar.
—¿Qué? —se asombró Latour.
—Se trata de una visión grandiosa en la cual
los sueños aportan formas geométricas a las
relaciones matemáticas que vertebran el futuro —dijo Masmansur.
—Sigo sin comprender —continuó el francés.

—Está loco —le aclaró el apátrida.

—¡Tú, viejo! —gritó Slattery señalando la extraña luminosidad que salía de los estantes—, ¿por qué brillan estas piedras?

—Son expresiones irracionales, minerales extraídos de la línea del horizonte.

—¿Cómo? —siguió asombrándose Latour.

—Venid. Seguidme —dijo Masmansur dirigiéndose a la puerta que conducía al pasadizo.

Los cuatro subieron por una tortuosa escalera de caracol con pequeños escalones de piedra polvorienta hasta salir a una azotea desde donde se dominaba todo Puerto Vaguedad. Una vez allí el anciano señaló a los cielos y dijo a los hombres:

—¿Veis al Negro Dolores?

Todos miraron. A lo lejos, en lo alto de su palo, estaba el profeta. Masmansur explicó su misterio:

—Él me consiguió los minerales luminosos. Los arrancó de la línea del horizonte. Nadie más puede hacerlo. Como él habita la región donde las miradas confluyen y arbitra las fuerzas de cuanto es real y cuanto es sólo deseo, me envió con un cuervo marino cien crestas de luz: así tengo el horizonte en casa, lo cual es muy cómodo pues me ayuda a descansar cuando estoy agotado, ya que sentándome a contemplarlo la cabeza se llena de distancia y el corazón de amplitud.

77

—Todo eso está muy bien. Ahora danos de comer —exigió Krieger.

—Ah, ¿pero no me vais a ayudar a descifrar los enigmas que llevan a los hombres a volar por encima del tiempo? —se extrañó Masmansur.

—No —dijo el francés—, nosotros venimos a descansar, no a volar.

Descendieron por la angosta escalera, cruzaron el pasadizo y entraron de nuevo en la sala. De seguido se dirigieron al comedor, que estaba en los sótanos. Cuatro taburetes, una mesa de abeto y un lampadario de luz desmayada componían la habitación. El cuma sirvió vino, agrio y descompuesto. Su amo, Masmansur, no ofreció manjares dignos, más bien fue frugal aquel almuerzo. Comieron en silencio y después de engullir unos dulces siniestros que venían adornados con higo hilado y acompañamiento de moscas, los hombres se interesaron por la geografía de la isla dorada. El anciano sacó de un cajón lateral de la mesa un mapa de piel de armadillo, grasiento, húmedo y hecho jirones. La única palabra para designar cuanto había en la casa, incluyendo su dueño, era la ruina.

Poco podía verse en aquel mapa mugriento, aunque sí lo suficiente como para deducir que Puerto Vaguedad era una isla con más de doscientas leguas de norte a sur y casi cincuenta de este a oeste. Un halo pardo que correspondía al Océano de los Murciélagos envolvía el territorio.

—¿Quién vive en la isla? —preguntó el apátrida.

—Pensadores, matemáticos, ajedrecistas, naturalistas y los cumas —contestó Masmansur. Seres inofensivos, gente de buena disposición y mejor silencio. En esta isla la vida es pensamiento.

—¿Por qué es dorada? —se interesó Latour.

—Existe una teoría según la cual puede obtenerse oro uniendo azufre y «plata viva», es decir, mercurio. Aquí la naturaleza lo ha querido así. Además, no debéis olvidar que nos encontramos en los mares del sol —dijo Masmansur.

Los hombres se miraron entre sí. Parecían de acuerdo: todos los síntomas de lo ilógico bullían cándidamente en los ojos del anciano. Por temor a ofenderle y para no entrar en vanas discusiones, se despidieron y salieron de la casa. Todavía había mucho que averiguar y Masmansur, a pesar de su ciencia, no les iba a resolver duda alguna. De ahí que se fueran en busca de la luz.

Dedicaron la semana siguiente a reponerse y a desembarcar lo poco que quedaba en «El Cleopatra»: los objetos deslumbrantes, algunas armas y el piano. Éste sufrió un accidente durante la operación de rescate y cayó al fondo de la bahía. Desde entonces el Negro

Dolores aseguraba sentado en su palo que los peces tocaban las teclas y que en las entrañas del mar había música.

Puerto Vaguedad se llenó de sombrillas de vivos colores. Los cumas paseaban con ellas al hombro, girándolas, ufanos. Los abalorios —cajas enteras de lentejuelas y cuentas de níquel— se colocan en puestos enfrentados, lo que motivó en las mujeres que estaban en medio graves ataques de indecisión.

—¿Qué les pasa, por qué no cogen los tesoros? —dijo Slattery a un cuma.

—Están embrutecidas. En la isla las mujeres se emplean como animales de tiro porque son más robustas y quizá más dóciles que las mulas. Están esperando a ser azotadas —repuso el salvaje, quien se fue hacia ellas y las azotó durante largo rato con un látigo de tiras de cuero remachadas con bolas de metal.

—¿Les gusta, verdad? —sonrió el irlandés.

—No pueden vivir sin castigos corporales —contestó el cuma fustigando cada vez más fuerte a las indecisas.

—Ya, ya veo, les alborota y gusta, como a todas —apostilló Slattery.

Con los pechos, los muslos y las espaldas magulladas y sangrantes, como enloquecidas por la paliza recibida, al fin se abalanzaron sobre las cajas e hicieron cosas insólitas con los objetos. Las lentejuelas se las pegaron a la planta del pie con crema de caucho y llenaron de huellas de plata todas las calles y plazas. Las cuentas las atravesaron con hilo de piña, se las colgaron de los pezones —lo cual les produjo un profuso dolor que se reflejó en la alegre complacencia de sus rostros— y empezaron a correr, a brincar, a enloquecer más todavía. La placidez habitual del ambiente cobró un ininterrumpido sonido metálico, como si hubiera comenzado una tosca nevada de níquel. A los espejos les dieron una aplicación aún más ambigua. Con ellos se investigaron los glúteos, pues teniendo por costumbre ver los de los demás los propios no los habían explorado nunca. A raíz de estos regalos, Krieger, Latour y Slattery fueron queridos y atendidos en todos sus ruegos.

El irlandés montó un nuevo alambique al que echaba caña de azúcar, vara de canela, polen de menta y algunos roedores, como lirones, ardillas y chinchillas para acelerar el proceso de fermentación. Obtuvo resultados sorprendentes. El licor —bautizado con el nombre de Jessica en recuerdo de su madre dipsómana— rozaba los noventa y nueve grados y bebido en pequeños sorbos, pues de golpe resecaba las mucosas y abrasaba los tejidos, catapultaba la mente a cosmogonías increíbles. Latour lo mezcló con pétalos de lirio y lo diluyó en té, dándoselo a beber a Krieger. Aquella volcánica infusión colocó al apátrida a la orilla del sepulcro. Tuvo fiebres eróticas y en su interior ocurrieron fenómenos ajenos a su tiempo presente, sumiéndole en un profundo sueño del que no despertó en varios días, aunque a él le parecieran horas.

Soñó que se encontraba en un salón de enormes dimensiones. Estaba desierto. Las altas paredes lisas y blancas eran mármoles frisios, el suelo un mosaico de jade azulado. No había techo y penetraba la noche trayendo un tibio olor a eucalipto. De pronto, por un arco cimbrado que daba a un laberinto de rosas salvajes, apareció una mujer. Tenía el pelo de agua, el cuerpo rubio y las manos suaves e inmóviles como madejas de silencio. Con misteriosa lentitud descalza andaba por la sala. Vestía de manera transparente, con una especie de clámide tejida con filamentos de cristal. Hipnotizado por el olor de su piel —olor a instinto perverso —Krieger se fue hacia ella y dio vueltas a su alrededor. Aquella a la que tanto había buscado le provocó impresiones desconocidas, una ola de calor, algo parecido al lejano y ardiente rumor de la vida. Las piernas de la mujer eran largas y perfectas y le llevaron a desear abrazarse a ellas para siempre. Sus pechos se erguían y latían en una búsqueda indómita de roces. De su vientre manaba la savia engendradora del amor. Una diosa selvática habitaba en ella, dueña de la felicidad epidérmica y de las sensaciones más dulces y terribles. Cuando Krieger le propuso que se amaran una noche y nunca más, a los claros ojos de la mujer asomó una oscura mirada, con ese vago brillo de las hembras inconstantes. Lánguida y ausente por fuera, ardía por dentro en un universo de secretos fracasos. Al no responder, el apátrida intentó besarla en el cuello, pero ella opuso aspereza y huyó hacia el laberinto de rosas salvajes, donde se la oyó revolcarse entre espinos hasta alcanzar un éxtasis de gozosos lamentos. El sueño de Krieger se había convertido en alucinante pesadilla. Una vez más la pasión dejaba de ser asunto de dos y el amor se ponía su gélida máscara. Físicamente desequilibrado por el dolor de la derrota el apátrida descendió a la realidad, impregnado de una fragancia que tardaría años en olvidar y jurando no beber Jessica en lo que le quedaba de vida.

A pesar de estas vicisitudes, Slattery continuó con sus experimentos. Las gentes veían en él un mago de ojos crepitantes provisto de poderes sobrenaturales para exaltar a los tímidos, revivir a los infelices y acaudillar a los desconcertados. Curaba todo con su asombroso licor.

—Cuanto más se envicia uno, mejor se encuentra y más tiempo vive —solía decir.

Hizo que las mujeres le construyeran una barraca al borde del mar y allí, rodeado de sueños y tumbado sobre una hamaca de cuerdas de mazorca que colgaba entre caobos, atendía todas las quejas por disparatadas que fueran. A los que tenían el alma rota les inventaba recursos donde no los había y con pequeñas dosis de esperanza lograba milagros. Despedía a todos de la misma manera:

—Lo que te he dicho ya curó a muchos. Si no te curas es porque no quieres.

Pocos escapaban a su ciencia animosa, pero para los desahuciados hubo de ingeniar algo especial. Puso a todos los cumas a buscar debajo de las piedras, pidiéndoles que cuantos alacranes o escorpiones encontrasen le fueran traídos con vida. Se capturaron más de trescientos de distintos tamaños y colores. Entonces ordenó cavar un foso detrás de la cabaña. A este agujero lo llamó el laboratorio y en él soltó a los bichos. Durante varias lunas los alimentó exclusivamente con hojas del árbol de la coca, tiempo suficiente para que el veneno irritante que se contiene en el abdomen de los arácnidos se transformara en pura cocaína. Ultimado el proceso, mandó venir a los deprimidos, les aplicaba un alacrán en el brazo y permitía que el gancho se disparase perforando la vena e introduciendo el confortante elixir. Así atenuó las amarguras de los que tenían los días contados. Cuando tuvo drogada a media población y alcoholizada a la otra mitad, reunía a las gentes y les contaba fascinantes historias de piratas y negreros. Los cumas le veneraban, le apartaban los mejores manjares y le ofrecían sus propias mujeres, previamente azotadas. Éstas eran rechazadas por el irlandés con suma cortesía y a cambio requería los favores de las niñas en edad todavía tierna y turgente. Los padres hablaron con sus hijas convenciéndolas de lo importante que sería tener descendencia con el viejo marino, pues la criatura que heredase sus cromosomas traería magia infusa, transparencia y prosperidad a Puerto Vaguedad. Slattery, a la vista de un porvenir tan apasionantemente apacible, comunicó a Krieger y Latour su resolución.

—Id los dos —dijo—. Aquí he encontrado lo que necesito para ser feliz: Jessica, coca y doncellas, además de las sirenas. Ya no estoy para aventuras, me protestan los huesos. Id. Os deseo suerte.

Antes de partir decidieron visitar a Pío Procopio. Sabían que el naturalista trabajaba en un extraño artefacto que remontaba las alturas imitando el vuelo del cóndor y en poco tiempo cruzaba cordilleras y espesuras infestadas de peligros. Como no querían internarse en la jungla, preguntaron dónde paraba y fueron a verle. Tenían que salir de aquella isla donde todos razonaban, incluyendo los mismos cumas.

Estaban hartos de razonar, no eran hombres para eso. A Latour, como siempre, lo único que le importaba era satisfacer sus imposibles pasiones. Krieger solamente pensaba en cómo trasladarse a una nueva isla quizá inalcanzable.

VIII

El naturalista vivía en una chacra encima de un monte, a mitad de camino de la sierra. En ella se alzaba la choza de barro y paja más grande que hubiesen visto jamás. Tendría el tamaño de cincuenta galeotes puestos en fila. Su interior era un descomunal edén donde no faltaba fruto, flor, esencia ni árbol imaginable. Allí había animales de todas las especies, aves de todos los cantos, utensilios y hasta una estatua de Ovidio y un busto de Plutarco. También había chirimoyos, araucarios, heliotropos, guanábanos y cientos de palomas coloradas. Fósiles, camelias, cocobolos, ocas, ranas, brochas, armiños y un furgón. Toronjinas, panteras, terebintos, pingüinos, paraparas, libélulas y chimpancés. Hinojos, dromedarios, rastrillos, caléndulas, sandías, nardos índicos, fumarias, aleluyas y elefantes. Y en el centro de este museo viviente, iluminado por una cruz de luz, tapado con una túnica blanca, Pío Procopio dormía acurrucado en su catre de pelo de buey.

Con la presencia de los dos forasteros se alborotó el edén, incorporándose el naturalista y sonriéndoles en señal de bienvenida. Aquel ser de cejas pobladas, ojos vivos, bigote torrencial, piel descolorida, edad indefinida y pies planos, era de constitución débil, con miembros casi atrofiados, venas subcutáneas muy marcadas y músculos que resaltaban como cuerdas. La vivacidad de sus gestos, la volubilidad de su lenguaje y la prontitud y veleidad de sus determinaciones sustentaban una sabiduría jovial y disparatada.

Pío Procopio reveló a Krieger y Latour los mil secretos prodigiosos que se contenían en la gigantesca choza. Mostró búhos bilingües, cangrejos voladores, injertos inauditos —como el de la alcachofa con la col— y presentó a Edelvira, una vaca que cantaba, y el cruce entre un tigre y una cebra, demostrándoles hasta qué punto era posible la coexistencia pacífica entre los seres animados. También enseñó cómo millares de angulas se habían aclimatado en una enorme campana dada vuelta. El francés se sorprendió:

—Yo creía que eran exclusivas del Viejo Mundo, concretamente de Francia y de algunas partes de España.

—No, soñador, no. Las angulas son las raíces de los peces, por tanto crecen en todos los mares, incluso en los siderales —dijo Pío Procopio.

Seguidamente expuso sus teorías sobre la metamorfosis de lo que él llamaba animales quiméricos. Afirmó que el caballo nació de un rinoceronte al que progresivamente se le fueran cayendo gruesas capas de piel hasta convertirse en otro paquidermo más ligero como es el equino, y cómo todos los caballos que se veían paciendo entre la maleza cercana tenían un cuerno en la frente, no hubo modo de convencerle de lo contrario. Su gran argumento fue:

—En la naturaleza las cosas cambian con lentitud por acción del medio ambiente. Así, el leopardo, a fuerza de vivir durante miles de lunas en regiones donde no tenía más alimento que el fruto de las palmeras, de tanto estirar el cuello, se transformó en jirafa —terminó diciendo el naturalista mientras acariciaba un mono.

Pío Procopio sostenía que cada ser humano dispone de dos almas inseparables: una le conduce invariablemente al embrutecimiento, otra a la reflexión. Dijo que muchos soñadores procedentes del Viejo Mundo sólo habían demostrado tener la primera. En cierto modo confirmaba las palabras del Negro Dolores. Aseguró que el retraso mental de las almas mundanas con respecto a los habitantes de las Islas Transparentes era abismal. Reprochó a los ajedrecistas del Viejo Mundo su desconocimiento acerca de la elemental táctica de los movimientos invisibles. Se escandalizó cuando habló de los matemáticos que no sabían sumar galaxias con aromas. Mostró su disconformidad con los fatuos eruditos que no alcanzaban a entender las últimas fórmulas de la redención y las operaciones psíquicas que la realizan. Dijo que los representantes y defensores de la filosofía del nirvana eran simples aprendices. Así fue cómo lo explicó:

—El sabio consigue superar el grado de la contemplación cuando ha llegado a conocer la naturaleza de todas las cosas, cuando ya no tiene más deseo que el del nirvana. Pero ahí existen aún sentimientos de placer: el juicio y el raciocinio. Sólo cesando éstos, y haciendo desaparecer el sentimiento vago de satisfacción que proviene de la perfección intelectual, se desvanece la conciencia confusa del ser y se abren las puertas del nirvana. Sin embargo, sucede que los soñadores del Viejo Mundo, en vez de traspasar esas puertas y penetrar en el fascinante secreto de nuestras otras mentes, se quedan ahí, parados, extasiados, sin intentar atravesar los átomos del tiempo, sin advertir que nuestro cerebro, dejándolo ir, se hace más amplio. Tal vez por eso —dijo el naturalista lamentándose— todavía no han descubierto la glándula de la felicidad.

—¿La qué? —demandó Krieger.

—La glándula de la felicidad está en todos nosotros —dijo Pío Procopio. Anatómicamente no se puede localizar, flota en nuestro adentro. Tiene el tamaño de una perla y cuando nos relajamos desprende una gota de luz que templa el cuerpo y enciende el cerebro, porque para subir más arriba hay que llevar mucha luz en la mente. Una vez que el ser humano logra conectar con su glándula de la felicidad, consigue algo más que sentirse alegre —lo cual se siente con el derrame de una sola gota—, alcanza la inundación total y se eleva de tal modo que cuando mira hacia abajo comprueba con humildad que no es más que lo que los destinos de las mutaciones de los fenómenos físicos y químicos quieran que sea.

Krieger estaba decidido a visitar sus otras mentes. Latour nunca se había sentido tan rebajado e hizo una pregunta estúpida para desviar la densidad de la conversación que tanto le agobiaba.

—¿Hace mucho de esto? —preguntó.

—No sé, sois soñadores jóvenes sin noción del tiempo y no podría deciros cuándo y quién descubrió la glándula de la felicidad —contestó el anciano creyendo que el francés estaba interesado. No sé, no lo puedo determinar. Tal vez un siglo, tal vez cinco, tal vez siempre. En Puerto Vaguedad no contamos las horas. Tampoco existe la fiebre de los calendarios como en vuestras costumbres. Aquí se muere uno y pone una frase sobre su tumba, indicando sólo el tiempo que ha vivido a fondo, pero no entramos en vanas disquisiciones acerca de épocas que se concretan en la locura de los números. Cuando yo me muera dejaré escrito en mi epitafio «múltiples lunas de naturalista», porque ésas sí que las habré vivido con plena intensidad —dijo por último Pío Procopio.

—¿Quién gobierna la isla? —preguntó Krieger.

—El mejor gobernante de todos, el justo e infalible Cumaná, dios de los deleites, que tiene su trono en el cosmos y su vida en cada uno de los que creen en él —aclaró el naturalista.

—El apátrida no se refiere al cosmos, sino a la isla, a esto, a la realidad, si a esto se le puede llamar realidad —dijo el francés.

—Aquí gobernaba la Princesa Lunamaya, diosa de los vicios, de las sensaciones cutáneas y de las libres determinaciones que hacen que el hombre pueda soñar sin red. Pero ahora anda en otro sueño, en un lejano espacio lejanamente —dijo el sabio.

—Reacciona, francés, no te dejes atrapar por lo que no entiendas —gruñó Krieger al ver que Latour se estaba dejando hipnotizar por la avalancha de palabras y conceptos que salían de la boca del naturalista. Vámonos de aquí. Aquí se piensa demasiado.

Pío Procopio advirtió el malestar de los hombres, apesadumbrados por su fantástica sabiduría, e inmediatamente les dio la solución para que volvieran a sentirse libres: les enseñó su gran invento, «El Inmaculado Concepción», un globo de piel de jirafa que tenía en su parte inferior una abertura y a poca distancia de ella suspendido un cesto de mimbre en el que iba acoplada una palangana conteniendo el combustible: lana de oveja. Explicó que incendiándolo «El Inmaculado Concepción» se elevaba en virtud de la diferencia del peso del aire frío y caliente, arrastrando consigo el vellón inflamado que servía para alimentar y conservar su potencia ascensional. Las guías consistían en una serie de cuerdas de hinojo que tiradas por un triunvirato de águilas reales que él mismo había amaestrado conducían la nave aerostática a donde indicase el piloto. Como último recurso, por si las intemperancias del tiempo volcaban las maquinaciones científicas, había depositado en la base del cesto un sinnúmero de diminutos aerolitos, asegurando que la ingravidez de estas piedras permitía adentrarse en los espacios celestes con toda tranquilidad.

Se dispusieron a partir. Pío Procopio les aconsejó que se dejaran guiar por la luz de la luna en la noche y por la del sol en el día. Insistió en que la condición de habitante transparente sólo se alcanza después de haber conectado con la glándula de la felicidad. Les recomendó ejercicios de abstracción e interrelación con sus propios espectros, cosa que sonó muy hermética a los hombres. Finalmente les pidió que cuando hubiesen descendido en el lugar deseado volvieran a prender la lana dejando el resto a las águilas, que se encargarían de devolverle la nave. Acordados estos pormenores, dijo que sentía no poder acompañarles debido a que no podía desatender a sus minerales, animales y plantas. Además, de abandonar la isla, según las leyes oníricas, nunca podría regresar a ella. Sólo a los irracionales les estaba permitido volver al lugar de donde habían partido. Después de esta excusa dio de comer a las rapaces y consultó con el Negro Dolores la temperatura de los sueños para las próximas lunas.

—Habrá tormentas —vaticinó el vigía desde su palo con su subacuática voz.

—Podéis partir. Nunca acierta en cuestiones atmosféricas —murmuró Pío Procopio.

«El Inmaculado Concepción» se elevó lentamente. En poco tiempo toda visión anterior fue desapareciendo: primero la isla dorada se convirtió en un mosaico distante y diminuto, luego se desvaneció por completo.

—¿Quién me habrá mandado subir aquí? —dijo Latour descompuesto por el vértigo.

—Calla, francés, que pronto daremos con nuestras otras mentes —contestó Krieger mientras tiraba de las guías para que las águilas no se perdieran de vista.

—¡Mira, allí, ballenas azules! —gritó Latour.

—Son lagos, francés, lagos que flotan en el cielo —explicó Krieger, sereno y atento a los mandos.

—¿No te mareas, no sientes un río de agujas recorrerte la piel? —dijo Latour con el cabello aventado y la expresión biliosa.

A partir de este momento y durante días enteros no cesó de hacer preguntas inoportunas y de transmitir comentarios absurdos, a los que Krieger siempre respondía del mismo modo:

—Calla, francés, y echa lana al fuego.

IX

La travesía aérea fue perfecta. Al principio a los dos les costó hacerse a la idea de que se hallaban flotando en el espacio, a merced de cualquier tenebroso fenómeno que surgiera de pronto, abandonados de todo recurso, solos, en un globo de piel de jirafa tirado por águilas, quizá para siempre. Superar este planteamiento resultó en verdad muy duro. Pero como los corazones marchaban a pleno pulmón, los músculos respondían como si hechos de fibra, el hambre y la sed andaban de ausencias, y nada más que tranquilidad había en su torno, pasaron de la incertidumbre mental a la incertidumbre espacial, que es mucho más libre y mucho más serena. Y todo anduvo bien.

De hora en hora Latour encendía su pipa, fumaba con Krieger y así subían más alto. Estelas de láudano, días tenues e infinitos, noches con derrame de lunas y bolas de fuego por el cielo, podrían haberse anotado en el diario de a bordo. Sin embargo, los hombres no estaban para reflexiones. Había que vivir, dejarse arrastrar por las águilas en dirección a la luz.

—¿Y eso qué es? —preguntó Latour una mañana, señalando hacia el este con la pipa y el liguero en la mano. ¡Allí, allí, a lo lejos, aquella mancha! —gritó.

—Aquí todo está lejos. No veo nada —repuso el apátrida.

—¿Cómo que no ves nada? Allí hay una mancha. Seguro que es otra isla —dijo el francés.

De repente a Krieger le corrió un manantial de agua helada por el cerebro, se le encendieron los ojos, se le marchó la mirada hacia el punto que indicaba el francés y, luego de observar el área con atención durante unos instantes, contestó:

—Sí, parece una isla.

—¿Será deliciosa o terrible? —indagó Latour.

—Vamos a verlo —dijo Krieger y puso a las águilas en dirección a la hipótesis.

Las rapaces descendieron en picado, buscando un limpio mar azul que volvía a verse después de mucho.

La evidencia les hizo pensar que se trataba de otra de las Islas Transparentes, de lo contrario la naturaleza no se mostraría tan incomprensible y magnífica. Era una estepa de arena, con viento y flores de arena, bañada de rojo en sus playas, taladrada por los filtros del sol. Nada había sobre la tierra a la que «El Inmaculado Concepción» arribaba.

—A esto, en Francia, lo llamamos desierto —dijo Latour ante tal intemperie.

—Calla, francés, que tú sólo ves lo que tienes delante —dijo el apátrida.

—Pero tengo cultura, y aquí, como no sean monstruos y cafres, ya me dirás qué vamos a encontrar —siguió con escepticismo el galo.

Instantes después saldrían de dudas. «El Inmaculado Concepción» cruzó a ras de suelo leguas y leguas de arena, y al fin, el apátrida detectó movimiento en el desierto. Llevó a las águilas hacia la posición sospechosa y allí dejó caer el globo.

Fueron recibidos con todos los honores por un patriarca vestido de azul. El Hombre de Blúmini decía llamarse y nada más verles dibujó, con todo detenimiento y detalle, esto sobre la arena:

A continuación, aquel nómada de arrogante estatura y mirada reposada e invicta, explicó su teoría. Dijo que los cuatro puntos claves del ser humano estaban allí representados. Para obtener la paz total se hacía imprescindible mantenerlos en perfecto estado de equilibrio. Y como Krieger y Latour parecían no entenderle, tradujo cada símbolo con palabras del código universal. Así fue que el carro resultó ser el cuerpo. Los caballos, los sentimientos. El conductor, la mente. Y el viajero, el alma. En consecuencia: cualquier desperfecto que sufriese el carro repercutiría en los otros tres elementos, dificultando el acceso de la paz. Unas ruedas melladas o unos ejes oxidados equivalían a un cuerpo insano. Y mal iban a tirar los sentimientos de algo impuro. Por tanto, los caballos, hechos de trozos de corazón, habrían de estar seguros de la carga. Sólo así se verían capacitados para atravesar horizontes, que si anduvieran cojos o remisos algo pernicioso estaría atacando a la emoción. La mente, por su parte, indicaría el mejor camino, para que no padecieran obstáculos y peligros innecesarios el cuerpo y los sentimientos, tan necesitados de rumbo acertado. Si estos tres elementos funcionasen a la perfección, el viajero se hallaría a sus anchas, siendo absoluta la paz del alma. Por último, el Hombre de Blúmini advirtió que hay seres que prefieren las carrozas al carro, otros que utilizan percherones o burros en lugar de caballos e incluso mentes absurdas que encaminan sus pasos por senderos empedrados e incómodos. Dicho esto, el Hombre de Blúmini se montó en un avestruz y, levantando una ósea nube de polvo, se perdió en el desierto. El sol calcinaba y las rapaces, no habituadas a temperaturas tan elevadas, empezaban a perder pluma. Esto llevó a Krieger a determinar proseguir la marcha a pie. Llenó la palangana de lana, soltó amarras para permitir que las águilas regresasen a su sueño anterior y vio desaparecer «El Inmaculado Concepción» por encima de sí. A Latour, poco amigo de dar paseos por el desierto, le pareció una insensatez. Sin embargo, horas después, entraron en contacto con una manada de idiotas que casualmente pasaba por allí, y al francés se le pasaron los temores de la desolación.

Treinta mil o más sumarían aquellos desgraciados. Su estado de pobreza respondía a esa clase de gente nómada que compra y vende y guarda lo ganado, enterrándolo en algún confín secreto, para sofocar sus ansias de materia en detrimento de las deudas que le nacen del espíritu. Eran mercaderes, vendedores ambulantes de carne de hipopótamo que procedían —sin rumbo fijo— de una región empapada de pantanos.

Los hermanos Tarót gobernaban aquella tribu difamada y miserable. Eloy, el más viejo, calvo como un codo, cargado de vapores en el vientre y de larvas en la boca, tenía la inteligencia de una cebra y una oculta, aunque mal disimulada, propensión a idolatrar a los efebos. Elías, el menor, con expresión de pez resucitado, el rostro trenzado de sudor y veleidades de filósofo anafrodita, recordaba dos peras superpuestas, terminando la primera en la papada y la segunda en unos glúteos evangélicos. El resto de la manada presentaba características anatómicas y morales similares.

Los hermanos Tarót relataron a Krieger y Latour sus penurias, contándole que habían salido del Viejo Mundo en número inferior a cuatrocientos con el fin de hallar una tierra inédita en las turbias artes de la especulación, pero una desdichada maldición atribuida a inescrutables designios se había adueñado de ellos y les tenía sometidos a un poder reproductor fuera de lo normal, ya que bastaba que se mirasen a los ojos para generar proles enteras. De ahí que fueran treinta mil desgraciados o más vagando por las estepas de aquel lugar sin nombre.

Los Tarót intentaron venderles el único ingenio de la tribu: la clisobomba, un artificio parecido a la lavativa capitolina, compuesta de un giba de caucho, una palanqueta de movimiento simple y ni un gramo de imaginación, alegando los hermanos que respondía a las exigencias climáticas de la isla, imán de amebas y diarreas. Krieger, por respuesta, reanudó la marcha. La manada simuló vergüenza, cosa que jamás padece el mercader, y se quedó donde estaba. Durante un largo lapso los hombres anduvieron con zancadas sonámbulas y expresiones hipnóticas, siempre en dirección hacia el crepúsculo, como si en lugar de estar siguiendo al sol estuvieran siguiendo en medio de la noche el resplandor de un astro que se eclipsa. Al fin se rompió la simetría de los desiertos: la planicie se hizo santuario derruido, hipogeo hecho cascote, ancestral ruina sobre la que dormitaban tigres de color ocre calcinado y revoloteaban oscuros pajarracos.

—Esto empieza a ser demasiado, cada vez vemos cosas más raras —comentó el francés mientras entre los escombros descubría huesos dispersos, calaveras rotas, tibias abiertas, húmeros tronchados, esqueletos de hombres enredados en esqueletos de mujeres protagonizando una sórdida cópula macabra en medio de una mórbida masa de gusanos y moscas. Yacían allí esparcidos los restos de alguna tribu de soñadores aburridos.

—Pues mira hacia allí —indicó Krieger con el mosquetón.

Tumbada entre tigres, iluminada por las pálidas luces del ocaso, había una delgada mujer de pelo largo y moreno como el centeno con una negra mirada de agua estancada y profunda. Acariciaba su aceitada piel con un cetro de ópalo del que colgaban crines de pantera. El violáceo crepúsculo se reflejaba en su salvaje cuerpo desnudo. También sobre muertos, tigres y ruinas se deshacía la luz.

La primera intención de Krieger fue violarla. Cargó el arma y se fue hacia ella. Anduvo cien pasos y, cuando apenas faltaban diez para alcanzarla, habló la mujer:

—Detente, mi vanidad destruye. La naturaleza ha dotado a mi piel de serpientes para defender y ensalzar mi belleza. Detente, no te acerques.

—¿Pero quién eres? —preguntó maravillado el apátrida.

—Soy la Princesa Lunamaya, fruto de un orgasmo celestial entre Cumaná, dios de los deleites, y Yameisa, reina de las hetairas y pitonisa de los vicios. Soy la contención y la exaltación, el amor y la muerte.

Sin poder evitarlo, Krieger se acercó un poco más.

—¡Atrás! —exclamó la Princesa Lunamaya alargando un brazo de cuyas manos salían largos dedos y de éstos cabezas de serpientes. El apátrida retrocedió. Su proximidad había originado en el cuerpo de la mujer un incendio de víboras y culebras. Toda ella ardía en una espantosa revulsión de ofidios. Los tigres, habituados a que la naturaleza protegiera de esta forma la soledad de la princesa, observaban a Krieger con desinterés. Los oscuros pajarracos, en cambio, graznaban con denuedo.

—Sé que eres nuevo en las Islas Transparentes —dijo la Princesa Lunamaya.

—¿En qué lo notas? —preguntó el apátrida.

—Puedo alcanzar las ondas que emite el Negro Dolores. Sabía de vuestra llegada. De todos modos, en ti resalta con claridad que aún no crees lo que ves. Pareces un mediocre más a medio camino entre lo aberrante y lo sublime. Ahora, ven, y adórame —terminó ordenando la Princesa Lunamaya con el cuerpo todavía erizado de reptiles, con las caderas llenas de hambre, con sus enormes pechos duros como roca latiendo cada vez más fuerte, abriéndose de muslos y brazos para recibir al hombre que tenía delante.

Krieger soltó el mosquetón. Todas las bichas del universo no habrían sido bastantes para detenerle en su obsesión por profanar en aquel instante aquel cuerpo. Fue hacia la diosa.

—Recuerda que soy la contención y la exaltación. Deseo ser amada, siempre, pero mis serpientes, a las que puedo condenar a un hondo letargo, despiertan al sentirme penetrada y causan la muerte de mi amante. Te entrego mi sensualidad entera, toda mi vida, mi mente, mi luz. Mi sexo, no. Pertenece al caos. Ven, invéntame en tu boca, las serpientes se han dormido —dijo la mujer.

Krieger se tiró de cabeza a aquellos húmedos y brillantes labios. Anocheció y amaneció dos veces antes de que regresara de ese sueño. La saliva de la Princesa Lunamaya sabía a lotos, limones y cascadas. También a baya de betel. Besarla fue descubrir lo etéreo, un placer más de los pocos que hacen que los hombres se sientan dioses.

PN
1631
.S46

RØLVAAG LIBRARY BOOK REQUISITION

Author's name _Díez Borque, Lorenzo José_
(inverted)

Title _Semiología del teatro_

Year of publication _1975_ Publisher_Editorial Planeta_

Edition, series, or number of copies _one_ Barcelona

Is one copy in Northfield adequate? _Yes_
(we will check Carleton library) no

Requested by _Lucía Garavito_ Dept._Spanish_

For library use: CC   BIP   OCLC   FB   BBIP $ _____

X

Mientras se volatizaba entre ruinas el recuerdo del feroz romance, la Princesa Lunamaya animó a los hombres a que se dirigieran a los campos de peyote para comer de esta planta: sólo así se verían catapultados a otra isla, difícilmente más absurda. Puestos de acuerdo fue la mujer quien condujo la expedición precediéndola con largas zancadas, mostrándose lejana y excitante a cada paso del viaje, siempre escoltada por sus tigres, con los oscuros pajarracos revoloteando por encima de su cabeza, abandonando tras de sí una huella de vapores tifoideos y jazmines en celo. La muerte y el amor en dirección a lejanas tierras movedizas.

Los campos quedaban al sur, cerca de donde cruzan los patos salvajes y el sol no se acuesta. Había pantanos y hubo que sufrirlos. Una anaconda se hizo con un viejo tigre, las sanguijuelas desquiciaron a Latour y Krieger se dedicó a pensar en las enseñanzas del Hombre de Blúmini hasta que divisaron una playa de olas rojizas. Allí habitaban los indios guraparí, descendientes de los cumas, gente noble y sosegada, máximos adoradores de Cumaná. El peyote constituía su vía de acceso a los cielos, adonde subían con frecuencia para hablar con su dios. Se alimentaban con peces, a los que amaestraban para morir, cebándolos con las mejores larvas de los pantanos. Así los peces, después de haber llevado una vida placentera, se entregaban robustos y sumisos a sus cuidadores, quienes los comían de distintas maneras. El francés, por ejemplo, comió un pescado a la brasa rociado con jugo de nécoras. Krieger se dejó guiar por el consejo de los indios y deglutió varias docenas de colas curadas con sal roja. La Princesa Lunamaya, al igual que sus tigres y sus pajarracos, prefirió carne cruda. Los guaraparí, bajos, fornidos, aceitados y de mirada naranja, integraban una pacífica tribu orgullosa de sus costumbres culinarias y de su salvaje hospitalidad. Buena gente.

A Krieger le extrañaba que después de haber comido todos hasta el hartazgo nadie hablara del peyote, por lo que se aproximó a un indio y le preguntó por la planta. El guaraparí le dijo que sólo al sumo sacerdote de la tribu le estaba permitido hablar del acceso a Cumaná. Fue entonces cuando conoció al aparentemente sagrado personaje, a quien encontró tumbado en una estera de caña. La tribu aseguraba que estaba meditando, pero como el apátrida pensó que se trataba de un impostor entregado a su siesta, lo despertó poniéndole el mosquetón en el cuello y diciéndole:

—¿Dónde está el peyote?

El sumo sacerdote le contó una triste historia. Al parecer, hacía mucho que su gente no daba con la planta, la cual crecía en familias en el desierto, en la parte norte del pantano. La explicación no convenció a Krieger, acostumbrado a tratar con salvajes y conocedor de sus artes para esconder sus más preciados tesoros: en este caso, el peyote.

—¿Cómo es la planta? —indagó Latour, ya incorporado a la acción.

El sumo sacerdote dio a entender que era como una alcachofa alargada y amarillenta. Sin olor y sin sabor, al menos que se cueza. Insistió en que crecía en familias. De encontrar una, habría cientos a su alrededor.

—Estoy seguro de que por aquí cerca hay peyote. Lo intuyo. Mis conocimientos del mundo vegetal así me lo indican —dijo el francés.

—Mira, brujo —volvió a intervenir el apátrida—, o aparece el peyote o desapareces tú. Así que ponte a buscarlo, y por aquí cerca, que el francés dice que hay, y el francés nunca falla en cosa de plantas.

No se sabe cómo pero llegó el peyote. Tres sacos llenos. Y con él también llegó el delirio para los salvajes, los cuales se revolcaban en el suelo transformados en un binomio incontrolable: histeria y pataleo. La planta significaba mucho para la indiada.

Los guaraparí hicieron fuego y empezaron a

calentar agua dulce de los pantanos en una olla gigantesca. Cuando el agua hirvió, echaron las cabezas de las alcachofas y dejaron que se cocieran durante horas interminables, hasta que se hubo evaporado el agua y sólo quedaba en el fondo de la olla una espesa sustancia negra con olor a llamarada. Todo fue realizado como en un rito. Los salvajes, de rodillas y extasiados, habían adorado durante todo el tiempo de cocción los vapores de la droga natural. Ahora aguardaban el momento supremo de la toma. El sumo sacerdote era el único que permanecía en pie, inclinado sobre los humos del peyote, abrazado a la olla, perdido entre palabras con eco a metal y vahos turbulentos. Krieger y Latour se despedían de la Princesa Lunamaya, que no bebería del jarabe puesto que no necesitaba de estímulos para comunicar con Cumaná. Quizá se verían en otra isla, aunque era improbable. Ella sólo tentaba una vez a los hombres. Se despidió la princesa. Puso rumbo a sus ruinas. Quería estar sola.

El peyote fue servido en conchas de nácar, pero antes de siquiera probarlo, el apátrida interrogó al responsable:

—Oye, brujo, ¿cuánto duran los efectos?

—Medio día —repuso el sumo sacerdote.

—¿Y qué se ve?

—Se tarda en adiestrar los ojos. Al principio no dominaréis las visiones.

—¿Qué se siente?

—Nadie puede decirte qué se supone que vas a sentir. No es calor, resplandor, deslumbramiento, ni tampoco color. Es otra dimensión más inesperada.

—Como qué.

—Todo lo que puedo hacer es suministrarte el jarabe.

—Si me va mal o le pasa algo al francés, te mato.

—Lo sé —se limitó a decir el sumo sacerdote, molesto con tanto diálogo innecesario y deseoso de beber la droga.

Todos se sentaron en corro y bebieron del jarabe en silencio, como ordenaba el ritual. Al cabo del tiempo, se fueron incorporando los indios para, unos pasos más allá, provocarse vómitos violentos. Había que expulsar los diablos adheridos a los lóbulos pulmonares, las ratas del estómago, los disgustos actuales, los espectros del corazón y los tumores de las cavidades ciegas e invisibles. Krieger y Latour temían no poder arrojar la sustancia de sus adentros, lo cual, según había explicado el sumo sacerdote con una mirada llena de gestos, destemplaría el temperamento de los paraísos que se disponían a penetrar. Al fin les sobrevino la náusea. El apátrida escupió trozos de alimaña, el francés derramó orugas y fresas. Luego, con los rostros y cuellos tumefactos e inflados, los ojos amarillentos y salidos de sus órbitas, y con una inminente sensación de peligro al acecho de cada una de sus células, ya sin fuerzas, se tumbaron a esperar los efectos finales de los efluvios de la planta, las corrientes nerviosas que proyectarían sus mentes a distancias aladas, porque la ley de las energías sensoriales ahora se llamaba catarsis, sublimación, arriba del todo. Vertiginoso fenómeno a través del cual arribaron a un mundo de continuas y blancas ascensiones, de anestésicas y amnésicas formas. Estaban encima del cielo, donde la obstinada pasión de los hombres por aferrarse a los errores que una vez adoptaron había quedado olvidada. La conciencia ondulaba en el espacio y el cuerpo se entregaba en la tierra a su reposo. El espíritu se había disparado en dirección a sus ocultas perfecciones y la carne, íntimamente unida a la anatomía del letargo, descansaba envuelta en ignorancia, sin sentir nada, sin relacionarse con las últimas pautas que aún emitían los cerebros. Krieger y Latour ya no eran animales, ahora eran fluido, trayectoria, psíquica avaricia, templada transparencia, aislamiento e infinito.

Tanto ascendieron que se toparon con la sombra alargada de Dios. Y hablaron largo rato con su antagónica voz, muy equilibrada en hormonas, pues si a veces sonaba a recio lenguaje de arcángel otras semejaba un leve roce de enaguas. Cumaná, Dios, quiera fuera, se mostró liberal, nómada de ideas, partidario del buen vino y la buena siesta, tolerante en los vicios que el hombre emplea para combatir sus desgracias y amigo de todas las tentaciones. Acusó a la casta sagrada de manipular su doctrina y de no querer ni saber interpretar sus designios. Describió la eternidad como reducto de temerosos, reino improbable en el cual no creía, declaración que confirmaba la desolada visión del más allá que mucho tiempo antes Krieger había tenido en Fuerte Chacal. Cuando Latour le preguntó si Él era eterno, el divino personaje se limitó a suspirar. Por último dio a entender que la humanidad se había separado de la ley natural y que había que volver a ella sin resistir los atractivos de la vida, ya que eso significaría negar las fuerzas vitales. Al apátrida y al francés les cayó muy bien aquel ser invisible. Todos se despidieron como buenos amigos, sin pompas ni inciensos, como si fueran pastores. La estancia con Dios había resultado agradable y profunda, tiempo veloz.

Los efectos del peyote empezaban a diluirse.

XI

El viento que recoge los residuos de todas las alucinaciones les transportó a una nueva realidad, depositándoles en Guanacoa, isla ingrata y pobre, erial desatendido de los dioses y abrasado por el sol, tierra infame en la que sólo germina aquello que se riega con saliva humana. De no haber estado en el mundo de los sueños, Guanacoa habría sido cuna de piratas. Las tres jotas del corsario —camuflaje, abordaje y pillaje— flotaban en el aire.

Krieger despertó de modo insólito, con sabor a peyote por todo el cuerpo y bajo una caterva de pies que olían como los insultos del estiércol. Pertenecían a una muchedumbre de seres anónimos. Los desgraciados le estaban aplastando el alma, el rostro y las costillas. Pero no tardó en librarse de ellos: soltó un tiro que reventó una rótula y así logró hacer un claro entre las gentes que, asustadas, se apartaron permitiéndole respirar. El hecho también salvó a Latour de morir pisoteado. Ya incorporados, pudieron comprobar que lo que llamaba tan ávidamente la atención del rebaño era un vendedor ambulante. El personaje, obeso o amorfo según la postura que adoptase, de ojos bovinos y panza generosa, tenía un colmillo de diamante y sin interesarse por nadie todos se intersaban por él. Hablaba de sus cosas, encaramado en una roca, vestido con un taparrabos de coral, apoyando cada uno de sus pies sobre sendos cráneos de hombre y de mujer. Esto fue lo que el apátrida y el francés alcanzaron a oír de sus gruesos labios:

—Desde hace tiempo las mujeres de esta isla se han obstinado en usar contraceptivos toscos de fabricación casera que nada tienen que ver con las esponjas de seguridad que yo os ofrezco. No obstante, si éstas no son de vuestro agrado, probad mis irrigaciones químicas. Proceden de lejanas civilizaciones en el tiempo y en el espacio, concretamente de Nubia y los valles afrodisíacos del Nilo, sólo que perfeccionadas por el trabajo manual inigualable de mi paciencia minuciosa. ¡Son infalibles! La mujer que se irrigue con ellas, además de sentir una resfrescante y placentera sensación, podrá dar libre vado a sus pasiones sin temor a un embarazo siempre molesto. Su composición, delicada, así lo demuestra. Se trata de zumos fermentados de acederas, un ácido contundente que tiene la propiedad de destruir los gérmenes espermáticos más inexpugnables. Además, están envasadas en barro y su precio es módico. ¡Animaos, compradlas y gozad de vuestras glándulas! Para los hombres, lo de siempre: los hay de punta redonda, cónica o en forma de gota gruesa, sin contar los de pelea, que llevan acoplados tenazas de cangrejo y antenas disecadas de mantis religiosa. Los de uso común, a los que acabo de hacer referencia, son de intestino grueso de cordero, ternera y cabra, que es el mejor, el más fino, resistente y duradero. Admito reclamaciones. Y que nadie se distraiga. Aún tengo más. Escuchad. En burdeles que conocéis e incluso en otras Islas Transparentes las prostitutas que se inician en la profesión acostumbran a introducirse en la vagina unos discos de marfil encerado de pequeño diámetro, colocándoselo de forma que queda obstruida la entrada del cuello uterino. Las mujeres que no se contenten con las esponjas e irrigaciones pueden solicitar este adminículo —terminó diciendo el vendedor ambulante para dar paso a un ejemplo vivo y convincente.

La demostración corrió a cargo de una mujer lánguida y sensual que salió de detrás de la roca. Miró al auditorio con los párpados entornados y los labios humedecidos. Era una hembra colosalmente viciosa. Sin hacerse esperar echó su larga melena hacia atrás y con una caña de unos tres palmos introdujo un disco de mármol en su canal vaginal entre lentos vaivenes y sacudidas violentas hasta que quedó blandamente adherido al cuello del útero.

—¿Veis qué fácil y qué agradable? —comentó el vendedor a su adicto auditorio, al tiempo que una segunda mujer que parecía hermana gemela de la anterior se presentó con una pornocoteca ambulante, un pequeño carro de bambú adornado con estrellas de mar. En él, además de las anunciadas delicias, había abortivos como las borlas de hilo de trébol, la absorbita, así como algunas yerbas extrañas.

Agotadas las existencias, los seres anónimos le adelantaron al vendedor piezas de plata para que la próxima vez acudiera provisto de un lote especial de intestinos de cabra, pesarios uterinos y dientes vaginales, que fueron los objetos más degustados. La maldición universal del mediocre de generar proles enteras con sólo mirarse a los ojos también cundía entre aquella canalla. De ahí que se agotase toda la mercancía.

El vendedor, al que Krieger y Latour no tardaron en saludar, era Onésimo Nono, célebre cardenal suspendido «a divinis» por el Sumo Pontífice, declarado indeseable en cualquier territorio en el que la liturgia católica ejerciera su cristiano dominio. Acusado de fomentar espectaculares ceremonias lupercales y de fecundar su harén particular —cincuenta lozanas mujeres a las que llamaba Madres Reproductoras— con la sana intención de proveer hijos santos a una iglesia tan necesitada de ellos, ahora se hallaba huido del Vaticano y de sus apostólicos perseguidores, que ya no sabían qué ofrecer con tal de colgar su testa del arco mayor de San Pedro.

—¿Y cómo llegaste hasta aquí? —dijo el francés.

—Como tú, soñando —repuso Onésimo Nono.

—¿De qué islá vienes? —intervino el apátrida.

—De Anolaima, la mejor, la más transparente de todas, a la que ya nunca podré regresar pues la abandoné a cambio de salvar la vida. El duque de Ligura, un proxeneta de bajos instintos que gobierna Anolaima, me metió en un tonel de araucario y dejó que las olas me empujaran a otro lugar, que resultó ser Guanacoa. Silvia Amelia y Dedelina, a las que habréis visto en acción, navegaron conmigo. El duque no podía permitir que mi popularidad creciera por encima de su poder personal. Mis juguetes eróticos habían alcanzado ventas tan masivas que el vulgo estaba a punto de nombrarme Papa de las Islas Transparentes. Y esto, ya os digo, no lo podía permitir el duque.

—¿Cómo se llama esta isla? —indagó Krieger, dejándose acariciar por Dedelina.

—Guanacoa. En ella caen los religiosos disolutos como yo. De vez en vez, veréis un ser puro.

—¿Y no hay nada más?

—Hasta hace poco había libertad. Ahora sólo

hay manadas de retrasados mentales. Aquí cada cual es propietario de alguna represión, todos andan con la apoteosis desinflada. Lograr escapar de Guanacoa es casi imposible. El Gran Kriba lo impide.

—¿El Gran qué? —dijo Latour apartando a Silvia Amelia.

—El Gran Kriba. Un brujo instruido que hace prosperar con sus martingalas y farsas un absurdo concepto: la moral. Dispone de una secta de gregarios fanáticos que raptan muchachos, los atan a una gran cruz de piedra, los besan, los azotan, les enseñan doctrina, y después de atravesarles las córneas con anzuelos para que no vean las suciedade mundanas, los sueltan. Él y su secta viven en las Arenas de Mesemrír, donde festejan sus delirantes gaudeamus. No creo que consigáis atravesar sus líneas. Ellos son los que custodian las rampas de lanzamiento a los sueños venideros. Nadie consigue escapar —dijo Onésimo Nono con un pesario uterino en la mano y con cierta tristeza.

—Eso ya lo veremos —contestó Krieger, quien de seguido se retiró a un árido monte cercano en compañía de las dos golfas sublimes.

Entretanto, Onésimo Nono llevó a Latour a visitar lo poco interesante que había en la isla. Se trataba de un poblacho de locos, alucinados mágicos que habitaban el abandono, haciéndose atender en todas sus necesidades por una exigua ración de cumas con los vientres decaídos que, fieles al medio social en que vivían, no ocultaban sus desgracias.

Entrada la noche divisaron el lugar. A pesar de que la oscuridad crecía, una lóbrega claridad fantasmagórica serpenteaba entre aquel centenar de chozas encaladas. Cientos de cebras entraban y salían en casas y garitos con una familiaridad que oscilaba entre lo equino y lo humano. Los locos, todos blancos, vestidos de blanco y con los ojos en blanco como estatuas de mármol, dijeron a sus visitantes cosas muy raras. Uno dijo que el pájaro tralalí cantaba en las ramas de su cerebro. Otro declaró su tendencia cósmica y les introdujo en la lírica del desastre, aconsejándoles que si habían sido felices en algún lugar no deberían regresar a él, ya que el tiempo habría hecho sus destrozos y levantado su muro fronterizo. Un tercero lamentó no poderles prestar atención pues andaba ocupado en una alta tarea: estaba ordenando su caja de clavos. El último con el que hablaron sólo se expresó con la «a»: para que su lenguaje fluyera rítmicamente había eliminado de su idioma las vocales restantes.

—Las palabras claras dan más paz al alma —fue su manera de explicarlo.

Por su parte, los cumas allí concentrados confesaron ser bebedores, dipsómanos contumaces, fabricantes de vino de algas, de un sabor amargo como el áloe. Nunca comían, integraban un bloque compacto de miles de millones de neuronas empapadas en alcohol intentando evadirse aristotélicamente de la apariencia espectral de los poetas y de sus desquiciados pero sublimes razonamientos.

Latour apenas se interesó por el clan de los beodos. Se despidió de los seres puros y se procuró una reata de cebras. Antes de regresar al punto en que se habían separado de Krieger, comentó con el cardenal:

—La vida es como lo que acabamos de ver, un gratuito deambular. Unos deambulan hacia adentro. Otros, como yo, viajamos por afuera. Y en resumen, ¿qué?, pasar por muchas cosas para obtener un cómputo final digno de diploma en concurso de nihilistas. La nada sustancial —dijo, seguramente influenciado por la carga intelectual de los espectros humanos recién conocidos.

Hallaron a Krieger exhausto y a las golfas en actitud de desmayo. Todo cuanto sexualmente puede realizarse entre un hombre y un par de hembras había sido ofrecido a los cielos. Entre los tres habían dejado el hedonismo a la altura del lodo. Grandes golfas aquéllas, dignas de las camas más importantes. A veces la suerte en la vida tiene forma de mujer placentera, pensaba el apátrida. Latour se reía al verle tan demacrado, y Onésimo Nono, preocupado por el futuro de su negocio, abanicaba a las golfas para que volvieran en sí, cosa que nunca más hicieron, pues al haber sido la orgía total, se habían transformado en esencia. Tan sólo sus cuerpos permanecían allí como símbolos. Silvia Amelia y Dedelina, hijas predilectas de Eros, amén.

Muertas las golfas, lo único positivo con que contaban lo constituían las cebras, sobre cuyos lomos cabalgaron encaminándose al sur, donde se extendían las Arenas de Mesemrír y se levantaba el campamento del Gran Kriba. Había que evacuar la isla, emprender de nuevo la aventura. Poco tenía Guanacoa que produjera entusiasmo. Además, aún quedaban misterios por desvelar: el lago inaccesible, la mujer de pelo de agua y el mundo de las otras mentes, entre otros. Mucho trabajo.

Aprovecharon el viaje para cambiar impresiones. Krieger empezó por interrogar a Onésimo Nono.

—Háblanos de Anolaima, que allá vamos el francés y yo. ¿Quién manda en la isla?

—El más cruel de todos los hombres, de quien ya os hablé: el duque de Ligura. Si lográis llegar a Anolaima y quitar al duque de en medio, aquello volverá a ser un lugar portentoso. Pero si os hace sus prisioneros, os ultrajará, torturará y desfigurará en alguna de sus muchas bacanales sangrientas. Se cuenta en Anolaima que con las entrañas de sus víctimas alimenta su jauría de enanos.

—¿De enanos? —se sobresaltó Latour, quien precedía distraídamente la expedición.

—Sí, cuenta con unos setecientos. Verdaderos monstruos de la naturaleza. Antes usaba perros para devastar campos, pero como vio que no servían para trepar árboles ni escalar riscos, los sustituyó por estas fieras humanas. Les ha crecido pelo por todo el cuerpo, tienen completamente anuladas las facultades mentales, están provistos de garras y prominentes colmillos y emiten rugidos terribles. Viéndolos se da uno cuenta de que su ferocidad no tiene barreras, son animales incontrolados, sólo obedecen al duque. Cuando el de Ligura sale de su castillo con su jauría tiembla Anolaima.

—¿Hay alguien más que mande? —dijo el apátrida.

—Aparentemente, sí, pero en realidad, no. El duque maneja todo. «El Directorio», una asamblea de histéricos déspotas, está bajo su riguroso control.

—¿Quiénes lo integran?

—Dos pobres cretinos que se hacen pasar por reyes, Federico XIII y la Reina Elaura, y el propio duque. Pero esto no quiere decir nada porque Federico XIII es dominado mental y físicamente por un camarlengo del de Ligura.

—No entiendo.

—Es muy sencillo. El camarlengo Splut se encarga de dominar a Federico XIII. Cuanto ocurre en palacio es por deseo de Splut, quien a su vez cumple cuanto le ordena el duque.

—Splut, ¿cómo es?

—Frío como una daga y cobarde como un sastre. Tened cuidado con Splut, mucho cuidado. Vive pendiente de sus tarántulas, las que introduce en mangas, escotes y lechos.

—¿Hay otras fuerzas aparte de los enanos?

—Los dos mil ballesteros del duque, tropa febrilmente adiestrada para matar.

—¿Y la reina, cómo es? —preguntó Latour.

—Hasta hace poco empollaba patos en el trono, era lo único que sabía hacer la deficiente. Su pasión consiste en dictar decretos imperiales. En el último ordenó que se diera un baño de uvas a sus ochenta dogos. Suele estar acompañada de Lavernia, la bella vacía, una mujer de encanto tan sublime que es indescriptible. No os deben preocupar.

En este punto cambió de tercio la conversación. Onésimo Nono también quería abandonar Guanacoa. Imposibilitado para regresar a Anolaima debido a que la inflexible ley de los sueños no permitía el retorno a ninguna de las Islas Transparentes en la que ya se hubiese vivido, se interesaba por una isla tranquila.

—No lo dudes —le aconsejó Latour— y vete a Puerto Vaguedad. Hallarás criados indios y no falta coca. Un borracho irlandés llamado Slattery y Pío Procopio, el naturalista, te atenderán como mereces. Diles que te enviamos nosotros. La isla es dorada, la reconocerás en seguida. Lo que no sé es si vas a hacer mucho negocio. La mayoría son viejos ajedrecistas y matemáticos, sabios que han superado los códigos secretos del sexo.

—¿No conocéis otras islas? —dijo Onésimo Nono, algo escéptico ante tal panorama.

—No interesan —intervino Krieger. El francés sabe lo que dice. Hazle caso, hay sirenas. Poco después divisaron una gigantesca cruz de piedra a cuya sombra se esparcía el campamento del Gran Kriba. Las Arenas de Mesemrír reflejaban una luz ocre que impedía ver qué ocurría a lo lejos. Soltaron las cebras y avanzaron arrastrándose por los surcos que el viento abría en las dunas. Cuando estuvieron a menos de doscientos pasos de su objetivo se detuvieron y espiaron. Envuelto en nubes de incenso el Gran Kriba se disponía a sacrificar un prisionero. Fingía orar cubriéndose el rostro con las manos mientras sus acólitos le tocaban la túnica negra y desgastada como si se tratara de una reliquia. En una exaltación mística que se volvió carnal el Gran Kriba abrió las entrañas de la víctima e hizo que las vísceras pasaran en una floración monstruosa de sangre y de placer a los miembros de su secta. Éstos, convirtiendo su concepto de culto cristiano en parodia sacrílega, besaron las arterias, se santiguaron con el hígado e iniciaron una danza rítmica y lenta que degeneró en un loco girar y terminó en una frenética orgía amorosa en la que se invocaban nombres de ángeles feroces. El Gran Kriba entonaba un kirie satánico y se le caía la baba. Parecía una hidra poliforme rodeada por los tentáculos de sus farisaicos gregarios, quienes a su vez estaban próximos a formar en ese conjunto de anémicas vestales que, atormentadas por insaciables deseos divinos, van camino del misticismo a las naves de los templos para ser allí, en las praderas de la devoción, pasto inocente de los brujos que las conducen y engañan. Pero esa es la suerte de todas las ideas que ostenta el Viejo Mundo: empiezan por nacer en la cabeza de un paranoico bajo una forma abstracta y acaban por penetrar en forma de sentimiento esperpéntico en el corazón del gregario, ejerciendo sobre su voluntad una acción tan profunda que engendra irremisiblemente el fanatismo.

En el momento solemne en que el Gran Kriba alzaba un negro trozo de pan de centeno entre gemidos de bestia moribunda y lágrimas de alma torturada, Krieger disparó el mosquetón pulverizando buena parte de la ofrenda. El hechicero se echó a temblar, enrojeció primero, palideció después, giró la vista a todos lados como pidiendo auxilio y así quedó, con los brazos en alto, negras migajas entre las manos y la vida sensorial petrificada para el resto de los tiempos. Aquel ser que había hecho de la hipocresía su fe, del crimen su religión y de sus jubilosos tormentos sus grandes batallas, acababa de recibir el castigo con que las divinidades —ociosas tantas veces— marcan a los energúmenos.

Las huestes del Gran Kriba parecían haber salido de un trance para entrar en otro. No sabían qué hacer, si socorrer a su jefe envuelto en parálisis o cargar contra el oculto enemigo que había destrozado el mito que sustentaba sus irracionales credos. El apátrida, el francés y el cardenal aprovecharon el desconcierto para soslayar el peligro y dirigirse a las rampas de los sueños venideros: sólo así verían futuro.

Y lo vieron. La clara luz de las noches del mar abrió ante ellos dos estrechos y largos pasillos —uno de algas y otro de conchas— que se deslizaban sobre la superficie marina para terminar conectando con el lejano horizonte. Los hombres dudaban qué rumbo tomar, pero una vez más la subacuática voz del Negro Dolores emergió de las aguas para aclararles los próximos pasos.

—La senda de conchas lleva a Puerto Vaguedad y el lecho de algas desemboca en Anolaima —dijo el adelantado de las Islas Transparentes.

Onésimo Nono desapareció por el norte. Krieger y Latour, por el sur. No hubo tiempo para despedidas. La secta del Gran Kriba, de reaccionar, proclamaría el estado general de captura y masacre. Por tanto, precipitarse hacia su propio destino fue lo más apropiado que podían hacer los que huían.

El lecho de algas resultó cálido como puente de escape pero interminable como camino. Al francés no le pareció fascinante andar por encima del mar. Durante todo el viaje se quejó de los monstruos que su imaginación inventaba. Llegó a creer que las gaviotas eran vampiros, los delfines escualos y las tortugas rayas gigantes. Krieger, en cambio, disfrutó del paseo. Mil leguas a pie no le cansaron. Respiró aire puro, se alimentó con frutos del mar y, durante más de diez lunas, no pensó en nada. La fe en la vida tuvo su premio: a lo lejos, allá donde la intuición y el presagio se vuelven materia, se veía Anolaima. Habían llegado.

XII

Ante ellos, a unas tres leguas a pie, bajo un sol total, reposaba la etérea arquitectura de Anolaima. Ni Babilonia ni Memphis cuando Asiria y Egipto rivalizaban en lujo y esplendor llegaron a igualar semejante maravilla. Un armonioso mundo octogonal, amurallado y sostenido por torres comunicadas entre sí por pasarelas salomónicas suspendidas en el aire, surgía en medio del Valle de Salambó. Medieval y selénica, clásica siempre, Anolaima reunía lo más excelso que los siglos han dado a la cultura. Templos ácratas, ruinas capitolinas, cúpulas de ópalo, rotondas de carbunclo, arcos triunfales, zócalos de ágata, frontispicios de lapislázuli e infinidad de cariátides, volutas, pilastras y columnas corintias esculpidas en sílice y gema bruta ornamentaban la ciudad, que contaba con mansiones prodigiosas, caserones coloniales y casas y cubiles esquemáticos.

Sin saber qué les esperaba llegaron a las puertas de Anolaima. Éstas abrieron sus hojas de bronce: al fondo de un ancho pavimento empedrado aguardaban las primeras casas, una multitud perpleja y temerosa, y veinte lanceros dispuestos a morir en la defensa de la ciudad. Un personaje con expresión maléfica, gesto impuso y pesado cuerpo salió de entre la gente y se acercó a caballo. Era el duque de Ligura montando su alazán. Vestía ropas color sangre de buey y grandes medallones dorados iluminaban su pecho. Inspeccionó de arriba a abajo a los forasteros.

—¿Quiénes sois y qué queréis? —preguntó.

—Venimos del Viejo Mundo. Queremos pasar —contestó Krieger apuntándole a los ojos con el mosquetón.

Se destacaron tres hombres de la guardia. El de Ligura alzó el brazo y los detuvo, arrimándose a continuación a los forasteros para tenderles una gruesa mano inundada de anillos y oropeles. Latour interpretó una escena ridícula y le besó la mano al duque. En cambio Krieger la rechazó, indicándole al caballero con un movimiento de arma que pasara de largo y que cuidara sus intenciones. Para salir del trance, el duque habló:

—Os considero mis huéspedes. Mi castillo tendrá el honor de albergaros. Esta noche nos veremos de nuevo. Bienvenidos, soñadores —dijo, perdiéndose a galope entre la gente, levantando su alazán un ruido de cascos en el empedrado.

Fueron escoltados a los dominios del duque por una unidad de ballesteros, rudos soldados de pelo corto y albino, rostro común y actitud carnicera. Llamaba la atención el rojo sin brillo ni tornasoles de sus túnicas, gastado, parecido al coágulo, también sus turbantes rojos, y sus insignias, flechas y gatillos que relucían como plata sucia.

—¿Queda muy lejos el castillo? —preguntó Latour, agotado por el viaje, al ver que la marcha se emprendía a pie.

—El castillo está al sur —repuso el jefe de escolta.

—¿Y dónde estamos nosotros? —siguió investigando el francés.

—Estamos al norte, en «La Sumisa», donde viven los débiles. El duque de Ligura habita en «El Directorio», del otro lado del río Irirí, que divide a Anolaima en dos. Es poco trecho —terminó diciendo el infante, hombre de rotas ideas.

«La Sumisa» acogía clases cortesanas en derribo, títulos debilitados por el lustre de los años, plebeyos adinerados y patricios ofendidos. También habitaban en ella los gremios oscuros, el cuerpo de lacayos y demás estopa. Todos, asomados a balcones y terrazas, agolpados en puertas y muros, escrutaban con minuciosidad cada paso que daban los forasteros y no cesaban de murmurar presos de admiración y terror al verles encaminarse en dirección al castillo. Tan sólo una muchacha morena vestida con un hipil blanco y un collar de violetas logró hacer que el trayecto le resultara al apátrida menos incómodo. Entre tantas caras que decían tan poco, hallar una en flor fue bueno. Y más si la mujer, una vez que se supo mirada, le tiró un mensaje cosido a un helecho amarillo, que Krieger recogió en el acto para que Latour lo leyera, leyéndole esto: *Me enamoraré de ti algún día,* según noticias de la desconocida. Krieger se volvió para verla pero sólo encontró miradas extrañas. Y se sintió defraudado, porque sabía que las mujeres de encanto secreto que aparecen de súbito en la vida de un hombre no suelen reencontrarse jamás.

Llegaron al Puente de las Tragedias, tristemente llamado así por su cruenta historia, único medio de acceso al poder constituido. Era romano, de piedra musgosa, amplio, sólido, inconmovible. Bajo sus arcos el Irirí pasaba claro, con bandadas de pequeños peces rojos. Cocodrilos de aspecto mitológico sesteaban a las orillas del río entre colonias de nenúfares y juncos balsámicos que exhalaban mirra. También había cisnes negros, y avispas, muchas avispas, y ya del otro lado, en los jardines de magnolios, pavos reales y loros guacamayos. A lo largo de los tiempos el Puente de las Tragedias había sido escenario de dramáticas mezquindades. Bajo sus pilares habían ocurrido los más espectaculares suicidios. La ley, inmortalizada en una lápida a la entrada del puente, además de romántica era explícita: *Quienes fracasen en sus sueños de grandeza deberán amputarse el corazón. Quienes no alcan-*

cen a pagar el precio que exige la ambición deberán reventarse las sienes. Quienes merezcan desprecio por llevar una vida miserable deberán segarse la yugular. Los tres preceptos estaban firmados por el duque de Ligura. Los habitantes de «La Sumisa» los acataban y se destruían entre sí para ser admitidos en «El Directorio», donde toda suerte de placeres acompañaría hasta el fin de sus días al afortunado que consiguiera traspasar el puente e ingresar en aquel mausoleo de intocables apellidos. Los fracasados, en cambio, habían donado cataratas de sangre a las fauces de los cocodrilos. Dignas familias prostituidas, honorables caballeros arruinados y deliciosas damas amargadas yacían en el limo. El privilegio de morar en la corte estaba reservado a los grandes destinos, aquellos capaces de alcanzar los lugares altos y escarpados de la gloria palaciega, adonde sólo llegaban las águilas y las víboras, siendo lo más frecuente que primero llegasen las que reptan que las que vuelan.

Del otro lado del puente les aguardaba una carroza flanqueada por la guardia privada del duque. Veinte jinetes uniformados de azul sobre caballos cenicientos. Restallaron varios latigazos y empezaron a patinar los ejes y a palpitar los salvabarros. Cruzaron pazos, arroyos, castañares y vieron osos y granjas de gacelas. Al poco tiempo divisaron el castillo. Parecía un monstruo de belleza hierática. Sobre un coto verde brillante sus mármoles negros rozaban el cielo perdiéndose sus doce torres entre nubes de azufre. Ancho en su base, se estrechaba a medida que se elevaban sus almenas. Estaba provisto de un foso profundo: en él reposaban caimanes, crótalos, salamandras, pitones, sabandijas, lagartos, hidras y cobras. No tenía el castillo ninguna abertura, ni una sola vidriera, rosetones tampoco. La mole era ciega.

Sonaron clarines, los ballesteros coronaron las almenas, cayó el puente levadizo. Una comitiva presidida por el maestro de ceremonias aguardaba a las puertas. El abanderado portaba los blasones del duque: una paloma degollada sobre cadenas de acero. Bajaron del carruaje adentrándose en un patio de húmeda penumbra. Daba la sensación de estar en la antesala de una catacumba de inexplorables dimensiones. Se oían ruidos metálicos, como de herreros martilleando contra yunques, sonidos vibratorios, como de soldados haciendo blandir espadas y lanzas contra escudos y yelmos. Atravesaron una galería mortecina y desembocaron en una zona de amplios corredores que circundaban el castillo. Sus paredes estaban labradas en plata y por todas partes ardían antorchas. El maestro de ceremonias les condujo a las puertas de sus respectivos aposentos, y después de hacer una grave reverencia, desapareció.

Parecía haber adivinado el de Ligura los gustos de sus invitados, acomodándoles de acuerdo a ellos. Krieger se encontró en medio de una espaciosa habitación de marfil, en el vientre de un dado gigante. Al fondo, iluminada por una negra boca de dragón que resoplaba fuego, la cama, baja, enorme, hecha de madera de yacarandá e inundada de suave piel de vicuña. Allí, como en todo el castillo, hacía frío. Por un arco lateral entraron cinco jóvenes esclavas cubiertas por velos que dejaban entrever mágicas virginidades. Muebles de carne y hueso. Y sus manos recipientes con frutas, ungüentos y bálsamos que colocaron junto a las escalinatas del baño, una honda piscina con losas de ámbar repleta de plantas acuáticas. Mientras el apátrida devoraba una papaya con ruido salvaje, le desnudaron, intentaron quitarle las botas pero él se negó, y le bañaron con aguas termales esparciendo diversos aromas sobre su piel. Nunca antes había sentido el contacto de cinco pares de manos aplicando masajes de manera tan convincente: los dedos de aquellas esclavas estaban impregnados de amnesia. Una almática blanca que le caía desde el cuello a los pies hizo que estuviera verdaderamente limpio por primera vez en su vida. Incluso el mosquetón, que no tardó en acoplar a su rutilante aspecto, resaltaba más.

En su habitación Latour podía existir a ritmo

barroco. Abrazar lampadarios, rozar satenes y pisar las rosáceas vetas elípticas de mármol del suelo estaba a su alcance. Sin embargo, se paseaba completamente desnudo por un largo pasillo a cuyos lados manaban chorritos de agua, dejándose admirar por sesenta niños rubios, que reían sus gracias, le lanzaban pétalos de rosa y le hacían llegar una melodía bucólica a través de sus flautas. Cuando se hubo bañado permitió que se acercaran a él y le sacaran a besos. Después, descansó unos instantes sobre el lecho de plumas exóticas que colgaba del techo sujeto por cuatro lianas de muselina. Un camisón de hilos de tonos carmines, unas hojas de tragontina en las sienes y el liguero en el cuello, afrancesaron la imagen que se suele tener de aquel César de honra equivocada. Aún así, Latour estaba fascinado con su propia identidad.

Se reunió con Krieger y juntos se encaminaron a los comedores. Ni siquiera le hizo levantar la cabeza al de Ligura la llegada de sus invitados. Siguió con los ojos fijos en las llamas, absorto en turbias maquinaciones, apoyado contra la fría piedra de aquella estancia de altas bóvedas. Aikor, su león favorito, entreabrió los párpados, exhaló un gruñido de desconfianza, y cuando vio que su amo no se inquietaba, volvió a la anterior postura de reposo junto al fuego. Por su parte, los que llegaban tampoco hicieron gran caso de la presencia del duque. Únicamente Krieger, mientras Latour se colocaba a una distancia prudencial de la fiera, comprobó que su mosquetón estuviera cargado.

Hacía rato que imperaba el silencio más completo, turbado solamente por el chasquido de las ramas, por las ráfagas de viento que se colaban por la chimenea atizando los carbones. Pero este silencio estaba muy distante de ser pacífico. Era prólogo de uno de esos dramas que cada noche se enredaban y desenredaban en aquellos comedores de tan gélida arquitectura.

El de Ligura se fue hacia una mesa lateral. De entre varios objetos de cetrería tomó una manopla de hierro y se la enfundó en la mano izquierda. Después se acercó a la alcándara, vencida por el peso de azores, milanos y halcones que sostenía. Cogió un halcón, lo acarició, le sacó el capirote, besó su pico y le ordenó con voz furiosa:

—¡Ataca al cuma!

La rapaz se lanzó al vuelo, proyectando una sombra agorera que cubrió toda la estancia. Dio dos vueltas a media altura y al fin cayó contundentemente sobre los ojos de su presa, un criado cuma que en menos de un segundo sintió cómo las garras le penetraban hasta los sótanos del cerebro. En seguida fue retirado entre alaridos por otros sirvientes. El ave retornó al puño de su amo: aún tenía trozos de córnea y tiras de nervio óptico ensangrentados colgándole de las garras.

—Ha sido en vuestro honor —dijo el duque a sus invitados.

Latour no se lo podía creer y Krieger, pensando que debía hacer algo para desarticular la atmósfera de terror que el de Ligura pretendía crear, alzó el mosquetón y le voló el vientre a Aikor. Las tripas del león se desparramaron por el suelo. El duque no se inmutó.

—Te gusta matar. Seremos amigos —se limitó a decir.

Bebieron vino espeso en copas de plata y comieron venado con salsa de grosellas. El anfitrión se sentía complacido en tenerles a su mesa, llevándole el exceso de alcohol a vanagloriarse de los crímenes con que había tapizado su pasado paranoico.

Inició la cuenta de sus historias con la venta de su madre a un piquete mercenario. Luego contó cómo suprimió a su única hermana de un tiro en la boca. Cuando el francés se interesó por el móvil de tan estentóreo suceso, el de Ligura repuso sin alterarse:

—Me molestaba.

El personaje de rostro convexo, boca agradable, puntiaguda perilla, mirada carbónica, cabellos lisos y negros, y gruesa piel sudorosa surcada por venas azuladas, relató una sarta de atrocidades de fino cuño que dejaron de manifiesto que desde siempre había sido un ser devorado por las continuas amenazas de su propia inferioridad, y que habiendo dado por perdida la confianza en la confianza, sólo se resarcía a sí mismo operando como un sádico devoto. De los pozos de su alma salieron mil biografías que habían sido exterminadas por sus vesánicas acciones. Pero, entre todas, un relato de venganza fue el que más cautivó a sus invitados.

Él, que era calabrés e hijo de un barón de pacotilla y parcos bienes, fue impelido por su padre a contraer nupcias a muy temprana edad con una damisela sin heraldos pero infestada de riqueza. Siguiendo los consejos del jefe familiar llevó a la desdichada a los altares, la amó convenientemente hasta enturbiarla de pasión y empezó a discurrir un procedimiento para borrar del censo a los culpables de su infelicidad: la pobre incauta y el vil progenitor. Al efecto, hizo creer a su padre que aquella unión le había hecho ser dichoso, y en justo pago empujó al anciano a entablar relaciones carnales con putas carcomidas por la sífilis, a las que disfrazaba de damas de alta alcurnia comprándoles —con el dinero de la incauta— ajuares seductores. Cuando tuvo al barón debidamente contagiado con aquella heroica enfermedad que causaba estragos en verdad terribles, desarrolló la segunda parte de su táctica. Convenció a su mujer de que su padre vivía las últimas horas de su existencia debido a un mal de amores: melancolía, soledad, etcétera. La obligó a ponerse los mismos vestidos —para ella desconocidos— con que las rameras excitaban las debilidades del viejo y tatuó su cara en forma de antifaz. Dijo que amar al padre, tan necesitado de placeres en los umbrales de la muerte, sería como amarle a él. La incauta accedió. El de Ligura se fue a un largo viaje, ordenándole que frecuentase más que nunca las distracciones de la alcoba paterna, lo que sumisamente hizo. A su regreso se encontró con la formidable noticia de que el barón había sido enterrado días antes y con la calculada sorpresa de que la damisela yacía en el lecho gravemente enferma, pero tanto, que a las pocas horas entregaba su alma al diablo víctima de la espiroqueta y de la sangre fría de su marido.

Al final de cada historia el duque, vestido todo de plata, manchado de vino, plagado de amuletos, estallaba en histéricas carcajadas. Inaccesible al sumo gozo y al dolor extremo, emboscaba el alma de una mujer en el cuerpo de un hombre. Esto lo había advertido Krieger nada más verle, pero Latour que recién lo descubría estaba fascinado. Ya ebrio, el duque habló de su tema predilecto: los muertos de hambre, a quienes despreciaba al tiempo que consideraba necesarios para que su poder brillara por encima de su miseria, necesarios para alimentar la jauría de enanos con que consolidaba el sistema feudal que había implantado en Anolaima. Así habló de los humildes:

—Peones, braceros, lacayos, maestros, jornaleros, mitayos, capataces y gañanes, me repugnan. No se lavan y además están locos. La canalla ha enloquecido, se revela, pero no por solidaridad consigo misma, sino por odio contra su propia condición. Por desgracia para mí que vivo a sus expensas. Los pobres jamás llegarán a tomar conciencia de su situación, jamás. Una razón de economía vital los conduce a intentar olvidar sus desdichas cuando carecen de los medios para superarlas, por eso urden infinitas coartadas a un nivel inconsciente. Están locos, es el instinto de supervivencia quien los lleva a enajenarse, porque si un pobre pudiera contemplarse en el espejo de su propia conciencia y éste le devolviera su propia imagen no trucada, estoy seguro de que se quitaría la vida. Por eso tengo prohibido los espejos en mi reino, ya que de lo contrario todos los pobres se suicidarían en masa. Y en ese caso, ¿qué iba a ser de mí?

Así era el duque, sencillo, cosmopolita y despiadado. Falso, como su título, robado a la invención. Invulnerable a todo pues no tenía principios. Sólo se enardecía con la sangre, el líquido que ha promovido los mayores estados de embriaguez a lo largo de toda la epopeya de la humanidad.

XIII

El de Ligura, harto de hablar de sus iniqui-
dades, decidió escenificar uno de los neronia-
nos concursos que tanta celebridad habían
otorgado a su persona y que tanto pánico aún
causaban entre sus súbditos. Llamó al maestro de ceremonias ordenándole que le presen-
tara la lista de detenciones del día anterior.
El auxiliar, acostumbrado a esta clase de re-
querimientos, sacó del cinto un rollo de pa-
piros y se los entregó al duque. Éste los des-
plegó, eligió un nombre al azar, y dijo:
—Que Esmeralda sea conducida ante mí.
Momentos después una hurgamandera de pura raza eslava se presentaba en los comedores
cargada de veteranía, cadenas y acusaciones.
El hecho de ejercer un oficio tan noble como
el de la prostitución había dado con ella en
las mazmorras, habiendo sido prendida en una
redada masiva decretada por el camarlengo
Splut, defensor de la moral pública en beneficio de sus atrocidades privadas. A pesar de
su suerte, Esmeralda se mostraba altiva y menos vieja de lo que era en realidad. Su orgullo
parecía no querer ocultar que jamás se le había escapado un cliente sin abonar su rato de
vicio.
—Demasiadas cosas me he metido ya en el

cuerpo para que no me cumplan el trato. Si alguno se va sin pagar, se va muerto, porque antes lo rajo con ésta —se la oyó decir una noche en un clandestino lupanar de «La Sumisa» después de haberse sacado de la boca la cuchilla que habitualmente alojaba en el paladar.

Gitana de pelo encabritado y rojo, con una Osa Menor de lunares en la frente y un sol bizantino tatuado en cada una de las palmas de la mano, no imaginaba ni por asomo el inminente comienzo de su propia catástrofe. De haberlo presentido, se habría encogido de hombros y habría resumido su carrera triunfal con su desparpajo y desesperanza de costumbre:

—Yo nací bajo una carreta y nunca llegué más alto —hubiera dicho.

El de Ligura no se hizo esperar. Cogió una clepsidra, le dio la vuelta y se dirigió a Esmeralda.

—Muchas veces me he preguntado —dijo— qué es preferible, si comerciar con el cuerpo o tener la ocasión de brindar a mis huéspedes un orgasmo de proporciones inéditas. Como lo primero lo condenan mis leyes, habrás de intentar lo segundo, y ya que te agradan las artes eróticas, tomarás aquel cirio y sin que se apague la llama te masturbarás delante de todos hasta que alcances la culminación absoluta del mundano placer. Dispones del tiempo que este reloj de agua tarde en agotarse. Piensa que te va la vida en ello. De no lograrlo, serás arrojada a los enanos. Retírate y comienza. Esmeralda palideció al oír la palabra «enanos». Y no se demoró. Cogió con las dos manos la vela de cera, larga y gruesa, e inició —con movimientos vibratorios tan familiares en esta clase de mujeres— la peligrosa ceremonia. Su rostro demacrado reflejaba el dolor. Se incendió el vello púbico, crepitaron los labios vaginales, ardieron los ovarios, y en ese instante, el cirio se apagó.

El fracaso llevó al de Ligura a resolver sacrificarla en beneficio de la voracidad de su jauría y ordenó al auxiliar que fuera devuelta a las mazmorras, abandonando ambos los comedores entre ruidos de cadenas, olor a sexo quemado y maldiciones de puta. Acto seguido lo hicieron el torturador y sus huéspedes.

Después de muchos rodeos, de atravesar anchos salones vacíos donde los pasos sonaban como si pisaran ecos, se encontraron en aquellos nidos de amargura. Del techo de la galería se desprendían por intervalos gotas verdosas, siniestras gotas de humedad que caían con el monótono compás de un péndulo. Se hicieron con una antorcha y siguiendo su crepitar descendieron fantasmalmente y en hilera a una nueva galería, más estrecha y tortuosa que la anterior. Las losas sepulcrales —pues en tiempos remotos los calabozos habían servido como panteón a las primeras dinastías cumas—, empotradas en fila a los dos lados de aquel vergel de sapos y vampiros, encajadas unas en otras, levantaban las voces de los muertos ancestrales, cuyas lejanas afonías venían a escurrirse por el moho amarillento que recubría la piedra hasta ahogarse en los charcos de agua pútrida que se formaban en el suelo. Al fondo, dejando al soslayo un altar cubierto de armaduras, telarañas y cráneos, la cripta se ensanchaba en semicírculo y se alzaba una reja oxidada. Sucumbieron las pisadas, los ruidos de las gotas monótonas, los mensajes de los muertos y comenzaron a oírse gruñidos, rugidos, zarpas excavando muros, arcadas y vómitos. Allí estaban los enanos del duque, que nada más sentirle empezaron a gemir como perros que piden al amo que los lleve de caza.

Cuando Krieger vio aquel pavoroso espectáculo a punto estuvo de caérsele el mosquetón de las manos. Latour se ciñó a la cintura del duque, no se atrevía a mirar. Una fealdad extraordinaria y grotesca llegaba a ser un mérito en aquellos setecientos seres degradados que escupían sangre alterada con moco, tenían el cuerpo recubierto de costras y mechones de pelo y apestaban a orín. Los mismos entes monstruosos que en las felices épocas de la Mantova renacentista habían servido de pajes, bufones y mensajeros amorosos, eran ahora

—como consecuencia de los experimentos del duque— una antología de lo contrahecho y lo deforme. No tenían alma, se manejaban con instintos. Zambos, molsos, sebosos, musculados, bizcos, cuajados de legañas, con labios leporinos, dientes mellados y torcidos colmillos como púas, no paraban de chuparse las peludas mamas ni de lamerse los escocidos genitales. Tampoco paraban de rascarse con sus garras cargadas de carroña otras excrecencias de la piel como verrugas, llagas y varices. Entre machos y hembras no había uno solo que pasara los cuatro palmos. Contó el duque que el arte de impedir su desarrollo consistía en aplastarles los meniscos y suministrarles gran cantidad de hebras de tabaco en la ración diaria, pues la nicotina atrofiaba la glándula hipófisis anulando el crecimiento. El resto de la dieta estaba compuesta de un engrudo mezcla de garbanzo, rata y remolacha, además de varios seres humanos para el total de la jauría. Su enano predilecto se llamaba por antífrasis Crescendo y mantenía en regla a la comunidad. Cuando nació fue bautizado en un plato de tamaño regular y recién destetado se le echó a pelear con un gallo de Indias para tentar su casta, demostrando, al desgarrarle la cresta, partirle los espolones y desplumarle entero, sus dotes de caudillo. Crescendo, que con el paso de los años se estaba volviendo giboso, padecía asma —como la mayoría de sus semejantes debido a la deficiente ventilación de las mazmorras— y una fanática adoración hacia su amo, a quien obedecía incluso con riesgo de su vida. Tenía a su cargo la custodia del tesoro público de Anolaima, depositado en el centro de aquella mortecina celda inmensurable. Mientras todos los trogloditas se agolpaban contra las rejas en busca de una caricia del duque, Crescendo, fiel a sus responsabilidades, permaneció encima de la montaña de lingotes de oro, granates de Bohemia, crisólitos de Ceilán, diásporos, turmalinas y otras piedras preciosas traídas por otros incautos soñadores. Fue entonces cuando el apátrida recapacitó acerca de los ruidos que había oído nada más hacer su entrada en el castillo. Allí nunca había habido herreros ni yunques, tampoco soldados blandiendo espadas y lanzas contra escudos y yelmos. Habían procedido de los enanos, que acostumbraban a afilarse los colmillos contra las piezas del tesoro.

Cuando más distraídos estaban observando la conducta de las fieras, apareció el alcaide, que se había dejado un buen trozo de cara en la zarpa de alguna de ellas. Sujetaba un hacha en la mano. Hizo una reverencia, se cruzó de brazos y quedóse quieto. A continuación se presentó un fraile de aspecto indisoluble y con expresión de consejo agropecuario que con gran oficio dirigió unas palabras rutinarias de consuelo a la que iba a ser ejecutada. También impartió la bendición. Esmeralda se santiguó, pretendiendo enternecer al duque con tan cristiana argucia, pero el detalle no fue tenido en cuenta. A una indicación del de Ligura el alcaide ordenó acercarse a los verdugos, que lo hicieron portando enormes baldes de aceite hirviendo. Al olor de la sustancia la jauría se retiró aterrada al fondo de la celda y Esmeralda, después de que el alcaide le amputara de cuajo con el hacha uno de los dos montones de arrugas que eran ya sus pechos, fue arrojada a su interior. Cerrados los portones y apartados los baldes, los enanos se lanzaron en tropel sobre la puta, luchando en pos de las partes más tiernas, como la cara interna de los muslos, brazos, manos, pies, orejas y labios. Crescendo no se movió de su montículo, seguro de que su amo no le olvidaría. Así fue. El duque le lanzó el miembro recién amputado y el enano lo devoró al tiempo que hacía contracciones de ano en señal de agradecimiento.

Apenas quedaban de la víctima unos muñones dispersos y el retumbante eco de lo que fueron gritos de terror mortal, cuando el duque descendió con sus invitados a las galerías subterráneas del castillo. Haciendo ostentación de que conocía todos los recursos atávicos de los clásicos comentó por el camino:

—Licurgo hubiera mandado a morir en el Taigeto a esa tarada moral. Al menos yo he sabido nutrir con su indecente cuerpo a unas nobles fieras.

Bajar a los infiernos no habría sido más real. Vigilados por una legión de verdugos de la más despreciable calaña, allí padecían los presos comunes. Había de todo: cumas, mercaderes, criminales y hasta seres transparentes.

—¿Y a éstos que les echas de comer? —preguntó el apátrida.

—Las heces de los de arriba, por supuesto —repuso el duque mientras miraba y sonreía a Latour.

Cerca de tres millares de reclusos, donde a lo sumo había sitio para mil, se apiñaban en aquel mercado de lamentos. Para su total subordinación, para que su suerte fuera del todo intolerable, había dispuestos potros de tortura, braseros, grillos, picotas, horquetas, guillotinas y cepos. Crucifixiones y empalamientos estaban a la orden del día. Tan sólo faltaba un brazo de mar para que también hubiese habido galeras. El capador roncaba en una célula iluminado por la rancia luz de una antorcha, y un poco más allá salían las rampas por las que trepaba la jauría al patio cuando iba de caza. Finalmente visitaron otra dependencia. En ella se acuñaba la moneda nacional: una pieza de plata con la efigie del duque.

De regreso en sus habitaciones, ya amanecido el día, Krieger sintió que de repente cumplía años, aunque no sabía cuántos. Y como la noción del tiempo perdido le pesó bastante más que un lustro, se puso a pensar en la muchacha morena vestida con un hipil blanco y un collar de violetas, metió el helecho amarillo en agua y se acostó entre las cinco esclavas. Latour, aún tiritando de asco por las cosas que acababa de presenciar, ordenó a los sesenta infantes que montasen guardia y se durmió abrazado a un ruiseñor.

XIV

Caía la noche cuando el duque propuso a
Latour que le acompañara a practicar su de-
porte favorito: cazar campesinas con ballesta
a la luz de la luna. El francés, que tenía orden expresa de Krieger de no ausentarse sin
su permiso, se excusó alegando encontrarse
atacado por una crisis de espíritu. El de Ligura, enfurecido, partió a galope en su alazán
con Crescendo y cinco trogloditas más en busca de una presa.

Krieger y Latour ascendieron hasta las almenas. El plenilunio hacía brillar los negros
mármoles del castillo.

—Mis sueños me están traicionando —dijo
Krieger.

—A mí no, por desgracia —repuso Latour—.
Presiento que Vanira acudirá de un instante
a otro. La luna está llena. Vendrá, me raptará
y me obligará a que la ame. Esto es lo que
me temo.

—No me interrumpas, francés. Escucha con
atención. Las Islas Transparentes son como
yo soñé que eran. Los imbéciles y el duque
las están arruinando. Pero los imbéciles no
importan, porque según vamos adentrándo-
nos más en el mundo de los sueños vemos me-

nos de ellos, y además son inofensivos. En cambio el duque es peligroso. Hay que liquidar al duque.

—Liquidar, liquidar. Tú siempre estás liquidando a mis amantes. Hace un tiempo al pobre Garthwaite y ahora, por lo visto, le llega el turno al duque. Me vas a dejar sin alas.

—No seas cínico, francés. Ni el pianista ni el duque te han importado jamás.

—¿Insinúas acaso que yo no tengo sentimientos?

—¡Cállate o te tiro al foso! Y escucha. Esto va en serio. Recuerda que los cretinos se mueren de pie, de golpe, un día, sin enterarse de nada. No seas cretino, francés, y piensa que de estas islas no se sale. Aquí tendremos que vivir. Y en paz, que al menos yo es lo que busco. Por eso me voy a cargar al duque. Nos jugamos mucho, francés. Piensa que este castillo pasará a ser tuyo.

—¿Entero, para mí?

—Sí.

—Sería perfecto. Aquí podría montar un negocio fabuloso. Lo llamaría algo así como la catedral del vicio. ¿Qué te parece?

—Vayamos por partes. Los enanos que hay ahí abajo matan. Los verdugos torturan, te atraviesan el vientre con hierros candentes. No es nada agradable, francés. ¿A que ya no te acordabas de los enanos?

—No, la verdad es que no.

—Pues no los olvides, no te vayan a roer los pómulos.

—Me estás poniendo nervioso.

—Como no nos carguemos al duque, a sus enanos y a sus guardias, el duque nos mata a los dos.

—¿No crees que tu plan es un poco ambicioso?

—Tú haz lo que yo diga.

—¿Por ejemplo?

—Enamorar al duque.

—¿Más de lo que ya está? Me adora. Anoche me visitó en mis habitaciones, echó a los infantes y se quedó a dormir. ¿Enamorar al duque? Eso es fácil. Tú me subestimas.

—Será tu única misión. Debes acapararle, tenerlo completamente fijo en ti. Del resto me encargo yo.

—¿Cuál es tu plan?

—¿Te acuerdas de la gente transparente?

—Por supuesto que sí. Buenas personas todas ellas.

—A eso voy. La gente de las islas es buena. El duque es un canalla y sus enanos unas fieras repugnantes. Si quitas la mierda del campo, ¿qué queda?

—Las flores.

—Lo puro. Éste es mi argumento de tipo humano. Yo siempre que voy a matar pienso que lo que hago es justo, me da más fuerza. Mato con razones.

—Claro, como que estás loco.

—No te metas en mi vida, francés. Guarda esas frases para el duque. Te harán falta.

—No te entiendo.

—Siempre te vas por las ramas, te sales de tema, cuentas anécdotas que no vienen al caso y te olvidas de que hay que matar al duque.

—De acuerdo. Tú dirás.

—Si has estado con él te habrá contado sus planes.

—Sus planes y sus cuitas. ¡Para que veas cómo lo tengo y hasta qué punto se puede contar conmigo! Su problema es el de todas las muñecas: no tiene nada, liso, ¿sabes? Sólo tiene una miseria, un agujerito imberbe, ridículo. Le estalló una granada entre los muslos y le voló la hombría. Por eso necesita hacer sufrir, para sentirse odiado. La sangre y los bajos instintos le estimulan. Un loco sexual. En Italia hay muchos y no olvides que éste es calabrés, aparte de impotente. Un gallo de porcelana.

—Pero ¿qué cuentas?

—Ah, sí, perdona. Sus planes. Mañana empieza el baile de máscaras en palacio y tendremos ocasión de conocer a lo más selecto de Anolaima.

—Olvídate de lo selecto y abre bien los ojos. Durante ese baile vigilarás en todo momento al duque y me comunicarás al instante cuanto veas de sospechoso en él. Quiero saber todos sus movimientos. ¿Te enteras?

—Sí, hombre, sí.

—Ahora explícame cómo es la gente elegante. Yo nunca he entrado en un palacio y no quiero que se den cuenta. Arruinaría mis planes. Venga, francés, dime cómo es esa gente.

Latour encendió su pipa, inhaló a fondo una nube de cáñamo índico, la expulsó lentamente, cedió a su amigo la droga y se puso a pontificar:

—Es indudable que la frecuentación habitual de las clases favorecidas hace al hombre más alegre, distinguido y jovial. Da también a su entendimiento y cuerpo más gracia y flexibilidad, pero por desgracia, lo que aumenta en superficie y brillo lo disminuye casi siempre en profundidad y solidez. Por otra parte, su sensibilidad, continuamente puesta en juego y prodigada en medio de una multitud de cuidados, devaneos y placeres, se esparce en cierto modo por sus órganos exteriores y acaba por dejar sus entrañas frías e impasibles. Así que en el gran mundo las buenas intenciones —tan naturales en un ser transparente— parece que cambien de sitio, pues efectivamente se las encuentra antes en la lengua que en el corazón. Esto ha ocurrido desde que se inventó la suficiencia, arma predilecta de aristócratas y magnates, aunque los primeros la ejercitan bastante más que los segundos, y además mejor.

—Ya entiendo. No se puede violar a nadie.

—No, al menos en las cortes europeas donde yo he estado, no se acostumbraba. Aquí en Anolaima, vete tú a saber.

—¿Cómo será la gente?

—Ésa es mi duda. Por lo que me ha hablado el duque es una raza distinta.

—¿A cuál?

—No sé, distinta. No olvides que todos provienen de «La Sumisa» y que para ingresar en «El Directorio» se han visto obligados a destruirse entre sí. Será por tanto gente resentida, depravada y corrupta, megalómanos untados de envidia.

—¿Qué tiene eso de malo si te dejan vivir en paz?

—No se puede vivir en paz sin educación. Además, será gente sin mucho interés. Si no, al tiempo. Estoy convencido de que nos encontraremos con una masa invertebrada sin categoría ninguna. Sin modales, cero en fantasía. Se pasan luchando por los cargos de confianza que otorga el duque. Esto te dará su nivel. La corte será una letrina de intrigas.

—El mantenimiento del terror.

—Algo así, pero entre sedas y perfumes.

—Muy bien. Manos a la obra.

—¿Piensas matarlos a todos?

—No. Sólo los que estorben. Haré las cosas fríamente.

—¿Y qué pretendes, coronarte rey?

—¡Estás loco, francés! Yo, ¿rey? En el trono

se crían callos y las coronas dan caspa. No, yo quiero que esto vuelva a ser el paraíso que era y vivir en paz con mis mujeres, labrando los campos y cazando para ellas. Lejos de la justicia. De vez en cuando hablaré contigo y con los seres transparentes. ¿Y tú?

—Ya te lo he dicho. Convertiré este castillo en la catedral del vicio. Instalaré garitos en las mazmorras, una kermesse en el patio, salas de juego en los salones y nidos de amor en las alcobas. De ahí abajo, del foso, donde ahora brilla Selene de manera asquerosa, sacaré a todas las bichas y pondré en su lugar cisnes y delfines. Y millones de luces sinuosas alumbrarán las almenas, y el puente levadizo siempre estará tendido, y el que quiera que acuda, que será guiado a su perversión predilecta, escalonando los respetos, por supuesto: los gañanes en los garitos y las personas que se distingan en los salones.

—Eso está bien, francés. Trabajar es necesario. Siempre hay que hacer lo que uno quiera —terminó resumiendo el apátrida la filosofía de ambos.

Se hizo un silencio y de él nació una enigmática mujer que empezó a vagar en el espacio con su palidez romántica, su pelo como un campo de arroz y las pupilas carnosas y blancas como las de una estatua. Era Vanira que volvía amparada en el plenilunio, sosteniendo una copa de ónice con el licor de la inmortalidad. Latour, hipnotizado, se reunió con ella, se fue a cumplir con la alucinante maldición. Krieger tuvo un presentimiento: se aproximaba la hora de las pasiones.

XV

Asomaba el alba cuando el duque regresó sin cesar de espolear a su alazán. Aspeado por la fatiga y con los ijares destrozados por las espuelas, el animal se detuvo ante el castillo. Orgulloso mostraba el jinete su trofeo: una cabeza campesina de diez y nueve años enganchada a la grupa por la sangrante y negra cabellera. Los enanos, jadeantes, estaban exhaustos.

El de Ligura se dirigió a sus aposentos, descansó y salió de entre las sábanas, confeccionadas con piel de vírgenes cumas, con el tiempo justo para elegir un disfraz y acudir en compañía de sus huéspedes a los salones de palacio. Federico XIII y la Reina Elaura habían organizado un fastuoso baile de máscaras de tres lunas de duración.

A su llegada vieron carrozas y berlinas, palmeras y eucaliptos ancestrales, grandes espacios destinados a estanques y céspedes, gamos pintados de oro, un regimiento de gala con capas y turbantes plateados y viejos alfanges, cientos de músicos con laúdes y cítaras, y un millar de criados con librea iluminando la esplanada con antorchas. Las llamas hacían que el aire crepitara como en un espejismo de vagas sensualidades. El reposo del agua vibraba entre los lotos. Era noche grande, una de esas noches que incendian los sentidos.

Por un instante Krieger sintió que su cabeza recobraba visiones anteriores. Cuando pisó los salones y vio que las altas paredes blancas y lisas eran mármoles frisios y el suelo un mosaico de jade azulado, cuando notó que no había techo y que penetraba la noche trayendo un tibio olor a eucalipto, de pronto, se le descalcificó la mente. La volcánica infusión que Slattery y Latour le habían dado a beber en Puerto Vaguedad tenía efectos secundarios. Ya renacían las fiebres eróticas. Esta vez no había jardín de rosas salvajes sino libélulas celestes. Se reprodujo el ansia: deseaba tocar la piel de la mujer de pelo de agua, recorrer sus pechos y su cuello y sus piernas largas y perfectas, beber lo púbico humedecido y dormir en aquella fuente de oro junto a los elegidos del placer. Y ya sentía su fragancia. Aquel cuerpo rubio olía a damadenoche hasta los huesos. A medida que crecía lo ilusorio la sentía respirar con más dureza, con un sonido a olas lejanísimas. Una voluptuosa fiesta de carne, diamantes y manzanas avanzaba abanicando la pelvis de dentro a fuera por la imaginación del apátrida, dejando una estela de manos en el agua de su pelo, pero como era la noche de los perfumes, pasó una virgen oliendo a lilas y la fragancia de la mujer de pelo de agua se desvaneció.

A pesar de todo, Krieger la siguió buscando. Aquellos salones ya no estaban vacíos como entonces. Habría en ellos más de dos mil personas, todas disfrazadas y con sus máscaras puestas. Apartó arlequines y amazonas, procónsules, hadas madrinas, penachos, tricornios, cardenales, abadesas, diablos, almirantes, esqueletos, dinosaurios, mesalinas y caballeros medievales. Levantó embozos, mascarillas y carátulas. Empujó piratas y pastoras, derribó una lechuza y chocó con lanceros y centauros. La mujer que él deseaba tanto, no estaba allí. Triste como nunca y vestido de arquero de los bosques, con el mosquetón en una mano y el carcaj en la otra, se reunió con Latour, que iba de nenúfar, y con el duque, que simulaba ser lo que era en realidad: una rata. Hablaban de vinos cuando se incorporó a ellos un gato siamés de pelo hirsuto, rostro sudoroso, sonrisa esquiva y blanquecina piel que olía a blasfemia de llaga. Unos anteojos diminutos camuflaban su mirada, sostenía entre los dedos una tarántula violeta y parecía convencido, por el refinamiento abstracto que otorgaba a sus facciones, ser un hombre sutil e inteligente. El de Ligura lo presentó como su camarlengo Splut e iba a hacer su apología cuando retumbó un gong interrumpiendo su propósito. Todas las máscaras, plumas y abanicos se retiraron en silencio a los lados del recinto, escalonándose en estricto orden de humillación de acuerdo con las costumbres de palacio.

Un eunuco rapado con cara de menino hizo su aparición portando un pebetero y esparciendo por los espacios recién desocupados aromas de algalia. A continuación, bajo palio, se personó Federico XIII vestido de fantasma y acunando una langosta entre los brazos. Olía a playa oculta, a una rara combinación de algas y misterios. A escasos pasos del monarca seguía una Eva singular: la Reina Elaura, poco agraciada pues la bizquera de sus pechos confluía en el esternón causando mala estética, haciendo surgir una cascada de piel y vejez desnudas. Como olía a cerezas y limones no importaba demasiado. Junto a ella, su dama de honor, Lavernia, la bella vacía, espléndida, oliendo a selva y con un disfraz en llamas. Y como era la noche de los perfumes tampoco faltaron sahumadores de sándalo, espumas de ron, resinas de alhucema, ungüentos nicerobinos, pachulís, almizcles, gálbanos de botiquería, pomas de trementina, líquida mirra y dos o tres consabidos tufos palaciegos. Cerró el cortejo una insólita procesión de siervos, mancebos, concubinas, cocineros, luchadores, manicuras, contorsionistas y escuderos de a pie. A ninguno de éstos les estaba permitido oler, bastaba con que estuvieran limpios. Por último fue exhibido un magnífico ejemplar de pobre en harapos. Idea de

Splut para halagar al de Ligura. Latour comentó con Krieger:

—Está completamente resignado, es un pobre sin casta. ¡Pero mira lo que están haciendo con él!

—Le están clavando púas —aclaró el apátrida.

—¿Para qué?

—Quieren demostrar que no se revela. Pero eso no es un pobre.

—Ah, no, ¿entonces qué es?

—Un desgraciado. Como todos los que hay aquí. Recuerda, francés, si no matamos al duque, el duque nos mata a nosotros. ¿Has visto algo sospechoso?

—Sí, lo que pensaba. Prefieren la cantidad a la calidad. Fíjate en las bestias sacrificadas, están apiladas como fardos. Ciervos, jabalíes, en fin, un desastre. Estas gentes son salvajes. Algunos disfraces son verdaderamente grotescos. No saben, ya te lo había anunciado, carecen de fantasía. No he visto a nadie vestido de planta acuática, como yo. Mala señal. En París todos íbamos de anémonas. Los salones parecían lagunas tropicales. ¡Qué tiempos aquellos! Ves, lo que te decía, la exageración, ahí, a la derecha, las esclavas, las que vienen con varas de artemisa conduciendo bandadas de patos, codornices y faisanes. ¡La eterna manía! ¿Qué necesidad hay de ver junto a nosotros, vivo y coleando, lo que después nos vamos a comer? Mira, allí, las torres de cacao, sin salsas a la menta, y los cestos de fruta y las ánforas de vino, a tope. Decididamente estas gentes no entienden. Son los hijos bastardos del lujo. Y los músicos más valdría que se murieran. Sus cítaras y laúdes están reñidos con los tonos, recuerdan el monótono chirriar de los grillos imperiales.

—¿No has notado nada más?

—¿Te parece poco? —concluyó el francés visiblemente satisfecho del contenido de su informe.

Federico XIII se encaramó en el trono y la Reina Elaura se tumbó a sus pies. Inmortalizado aquello en piedra se habría llamado descendimiento de las aptitudes. Volvió a retumbar el gong y el clamor de los invitados hizo que se estremecieran las estrellas y brillara todo el recinto con fragor inusitado. Algo realmente duro y excitante estaba a punto de estallar en la corte, algo capaz de reunir la atención de los obsesos del reino. Y así fue que en medio del suspenso general los hombres del regimiento tendieron sus alfanges, obligando a las máscaras a trepar a los muros. Se hizo un cerco y la luz de la luna se estrelló en el mosaico. Al parecer, la Reina Elaura se había inventado un rito y quería presentarlo a sus súbditos.

La extravagancia imperial superó lo esperado. Dos enormes negros, macho y hembra, fuertes y bañados con aceites volátiles, salieron por arcos distintos. Atados con grilletes y cadenas relucientes parecían aún más majestuosos, pues su orgullo hacía que no sonara la pesada carga. En direcciones distintas y hostigados por sus cuidadores dieron la vuelta al ruedo. La hembra estaba en celo y olía a fiera pura. El macho llevaba tres septiembres oyendo hablar a la Reina Elaura de su negra, a la que incluso fue autorizado a espiar una noche entre bambúes, y no podía más. Retumbó por tercera vez el gong, cayeron grilletes y cadenas y quedaron las fieras a solas. Al verse libre, el macho se dirigió con paso circular hacia la hembra, que resoplaba instinto, palpitándole los flancos, recorriéndole la columna y ambos pechos un surco de sudor delgado que hacía más brillante el cuero de su piel. Ya junto a ella, lamía sus costados, intentaba derribarla, la mordía con furia, la empujaba con la frente, le volvía a morder. La hembra erguía el vientre, buscaba los milagros de la lengua, se agachaba a besar los talones, rodillas y muslos de su negro, y a medida que lo hacía se endurecían sus pezones y brillaba más la luna. Ambos exhalaban hondos gruñidos de amor, pasando en cada roce el lenguaje de la jungla de un amante al otro. El macho se alzó de nuevo dejándose caer sobre la hembra, que ya no hurtaba el cuerpo. Una retahíla de colosales estertores fue el homenaje que las fieras consagraron a la vida. La agresividad de sus instintos puros, su suavidad brutal, enardeció a la corte. El macho se tendió delante de la hembra, permitiendo que ésta le lamiera entre temblores. Estaban juntos, se habían amado y aún seguían irracionalmente poseídos.

Como epílogo el de Ligura dispuso que diez mandriles destrozasen los cuerpos de los amantes. El camino a la locura estaba abierto. El baile de máscaras quedaba inaugurado.

Durante días y noches enteros se sucedieron escenas delirantes. Los misterios griegos, las zambras de Príapo, las denominadas Floralias, Lupercales y Saturnales, las fiestas asiáticas en honor de Cibeles, las celebradas bajo la bendición de Baco, los holocaustos sexuales de Sodoma, los egipcios de Isis y Osiris, eran juegos de subnormales comparadas con las portentosas perversiones de las minorías eróticas de Anolaima. Como los aristócratas de la época sostenían que la virtud era un atentado contra las leyes de la naturaleza y la castidad se consideraba como una prueba de inferioridad todo estaba permitido a la disfrazada concurrencia. Sólo las mujeres que no sabían hacerse desear de los hombres permanecían fieles a sus maridos, pues los cérvidos que trataban de oponerse a la libertad sexual de sus compañeras pasaban por hombres ordinarios, por rústicos ignorantes de los deleites purificadores. No existía límite entre la mujer honesta y la vulgar ramera, superando las cortesanas todas las habilidades de las hijas de los lupanares. Los maridos gozaban de la misma libertad y no sólo no se oponían a la conducta de sus mujeres, sino que la aceptaban de buen grado desquitándose con la servidumbre, sin distinguir entre esclavas y mancebos. Las más anormales inclinaciones eran admitidas y festejadas como un signo de elevada distinción y no había recurso erótico que no conocieran y practicaran aquellas gentes como costumbre y hasta con carácter ritual. Las mismas viudas no tenían sentido de las nostalgias y sus preferencias se dirigían hacia el primer voluntario. En las conversaciones, siempre ociosas, no se daba ninguna importancia a que Federico XIII o alguno de sus nobles súbditos hiciesen compraventa de cualquier dama sin ocultarse de ella. Tampoco las mujeres atendían a sus estados especiales y en una ocasión hubo de interrumpirse el baile para que una enjoyada dama diera a luz con tranquilidad en medio de la orgía. A los pocos días de este suceso Krieger encontró a la Reina Elaura cohabitando con un alce y dos noches más tarde a la infanta Shaba —hija de los soberanos que afirmaba tener el cerebro en la vagina— reanimando sus ideas con una ortiga roja. Latour, contagiado por el febril ambiente, se había agenciado un saco repleto de cuerdas, argollas, objetos punzantes y torniquetes, y con su paraphernalia a cuestas se paseaba por los salones, agitando el instrumental y haciendo sonar los hierros, con lo cual, si asomaba brillo en los ojos de la persona ante la que operaba el experimento, quería decir que acababa de detectar un perfecto ejemplar de masoquista. Entonces procedía a encadenarlo, lo torturaba con arte sibilino y lo elevaba al doloroso éxtasis con que gozan estas criaturas algolágnicas. Splut se entretenía disecando mancebos y gastando bromas fantasmales a damas de su amistad, a quienes acompañaba a las alcobas asegurándolas que eran aguardadas por gentes del agro provistas de amplio poder erótico. Las metía en la cama con las macabras momias y reforzaba la emoción soltando sus tarántulas violetas. El duque, fascinado con los diabólicos ensayos de Latour, no se apartaba de él, lo que permitía que el apátrida avanzase en sus investigaciones.

La escena de confusión y desorden en la que Krieger encontró a Federico XIII era una débil imagen del espíritu de aquel estafador. Sentado sobre una colección de anécdotas licenciosas y apoyado en una mesa cubierta de pregones dilatadísimos, coplas a la sequía, jarras de vino y pechugas de faisán, se jugaba el reino a los naipes, azar que alternaba con las recogidas periódicas de sus fantasmales faldones que la concurrencia beoda pisaba, sin respeto ni rumbo, cada vez que pasaba por su lado. Estos contrastes en sus cargos y en sus ocupaciones, símbolo de los de su carácter, eran los que sus historiadores no podían definir ni por tanto compensar. La real criatura resultaba ser un compendio de contradicciones. Se hallaba profundamente instruido en las vaguedades del ocio y adoraba la conversación de los eruditos. Predicaba su autoridad con fuerza y buscaba los medios de aumentarla, pero su propensión a los placeres solitarios le llevaba a interrumpir las negociaciones más urgentes. Quería sostener su dignidad y se degradaba a cada paso con familiaridades inoportunas. Tenía sentimientos religiosos pero solían ser profanos sus discursos. Naturalmente justo y benéfico tampoco dejaban de inspirarle humor los sanguinarios consejos del duque. A la vista de un rey tan soso, Krieger dedujo que aquella marioneta no inquietaría sus planes. Y se fue a hacer el amor con Lavernia.

Encontró a la bella vacía en los jardines, entre libélulas. Aquella mujer suave, alta y limpia, como era cristiana no amaba el placer. Se podía ver a través de ella. No tenía corazón, ni entrañas, nada interior, nada. Hueca por dentro y perfecta por fuera, ni sufría ni gozaba, vagaba por la vida. Esculpida en hielo no hubo forma de enardecerla. El apátrida tuvo la sensación de estar penetrando en el espacio infinito. Nada jamás había hecho estallar a la bella vacía, ninguna tentación carnal sublime había conseguido alterar la frigidez de Lavernia: su mente y sus glándulas habitaban epopeyas distintas, diferentes ciudades inermes. Krieger, cumplida su parte con honra y con ira, dejó a la bella con sus libélulas y entró descalzo en los salones, saboreando con los pies el jade de los suelos, sujetando en la mano izquierda el mosquetón, apartando el calor con la derecha, roto por el esplendor de su fracaso, decidido a asesinar al duque.

XVI

Después de dos lunas de fiesta ininterrumpida no quedaba de ella sino un montón de antorchas consumadas, borrachos difuntos, disfraces despedazados y frutas y diademas por los suelos. Un lívido cansancio se había apoderado de los irresolutos y apolillados cortesanos. Todo parecía dominado por el tedio. Incluso la luna, agotada de alumbrar insensateces y caretas, se había echado a descansar entre las copas de los eucaliptos que circundaban el jardín.

Había amanecido cuando el apátrida cruzó un vaho de perfumes descompuestos, criados con ojeras de ámbar, una teoría de mosquitos y los bostezos monótonos pero bien acompasados de la nobleza, yéndose hacia un estanque de agua verde que alegraba el triste y engalanado basurero. Allí encontró a Latour narrándole al duque la fábula del travestí y el monstruo. Sería la última historia que el tirano oyera en su vida, porque Krieger, fiel a su divisa de solucionar las cosas por la vía expeditiva, le cogió por el cuello, le alzó, le hincó los pulgares hasta reventarle la glotis y, ya desvanecidos los sentidos, golpeó la cabeza del de Ligura una y otra vez contra el reborde de malaquita. Sólo paró cuando vio que se había descerrajado el cráneo y salido la masa encefálica. Finalmente introdujo el cuerpo inerte en el agua y se sentó encima. Un motín de ranas, minúsculo y despavorido, saltó en busca de refugio, cambiando lotos por mirtos, claridad por sombras. El apátrida le animó al francés, menos atónito de lo que cabía esperar.

—Venga, córtale la cabeza —dijo.

Latour sacó su estilete y se la cercenó de dos limpios tajos. Las verdes aguas del estanque se volvieron cinabrio encendido. El amanecer y la música saturnal proveniente del salón se filtraron en la escena dándole al crimen un toque decadente.

—Ahora pensemos —dijo Krieger.

—¿En qué? —se interesó Latour.

—En la revolución. Hay que completarla.

—Ah, ¿pero esto es una revolución?

—Sí.

—Entonces habrá que hacer algo más.

—Matar a Splut. Coge la cabeza del duque y sígueme.

—Ya la tengo. Y ahora, ¿qué?

—Sígueme.

Hallaron a Splut sentado en la yerba, entre antorchas, firmando las listas de las ejecuciones de los días venideros. Las tarántulas violetas, su segunda conciencia, trepaban domésticamente por el papiro y correteaban por sus brazos. Krieger, consciente de que un cadáver no puede dar órdenes, le hundió el pecho de una coz. Los arácnidos saltaron por los aires. Latour sacó su estilete y repitió la operación cercenando la inconsciente cabeza del camarlengo. Acto seguido se encaramó en el trono y alzó los trofeos que chorreaban borbotones de sangre. Krieger disparó el mosquetón. Los estupefactos comensales se acercaron a inspeccionar las cabezas. Fue entonces cuando el francés exhortó a la nobleza. Estaba excitado. Se trataba de su primer discurso político. Quería convencer, otorgar un cierto sentido a sus ideas, las cuales intelectualizó a su modo. Éstas fueron sus palabras:

—Escuchadme todos. Después de detenidos y prolongados estudios he llegado a la conclusión de que el hombre evolucionó a partir de monstruosos gorilas pervertidos que se alimentaban con el cerebro de otros monos. Y como el poder afrodisíaco de la dieta aumentó la energía reproductora de las bestias creándoles la necesidad de devorar, ya de forma desenfrenada y delirante, más y más cerebros, el gorila enloqueció. No pudo soportar que su cráneo no se desarrollara en la misma proporción que lo hizo su seso y sucumbió a las tentaciones del canibalismo más rotundo. Entendido esto, lo que os quiero pedir ahora es que nos comportemos con educación y vivamos en paz. Que no seamos locos gorilas como el duque y Splut, porque si lo llegamos a ser nos podría ocurrir lo mismo que le ha ocurrido a estos dos asesinos —dijo y arrojó las cabezas al público.

La velada amenaza del francés entusiasmó al apátrida, quien advirtió sus buenas condiciones de líder. No obstante, aún faltaba desinhibir a la masa. Krieger habló:

—Se acabó el terror. Hoy mismo serán envenenados los enanos. La revolución está en marcha —dijo.

La alegría de aquellas gentes —a excepción de un sórdido poeta oficial que se tiró al suelo a besar los machacados labios del duque— fue clamorosa. Los ballesteros, eternamente fieles al mando, formaron en honor de la nueva situación. Federico XIII, que no quería ser menos, pasó a llamarse Federico XIV. Anolaima empezaba a ser de verdad Anolaima.

Estallada la revolución, devuelta la confianza a la masa, nadie pudo impedir que los hechos futuros se produjeran así: en primer lugar los enanos fueron disueltos en aceite de vitriolo, al que el francés añadió unas gotas de ácido fénico para desinfectar los efluvios y sublimar la extinción. Crescendo se salvó de esta suerte, pero fue disecado y su efigie todavía campea entre las muchas estatuas que aún hoy pueden verse a lo largo de la Avenida de los Castaños en Flor, la arteria más concurrida de todo Anolaima. La segunda medida consistió en ocuparse del pueblo, mentalizándolo frente a la aparición siempre posible de un impostor espontáneo. La tarea la llevó a cabo el apátrida. Para ello desarticuló el cuerpo de ballesteros y reclutó voluntarios de ansias violentas, a los que adiestró en el respeto hacia la población civil y en el arte de detectar políticos. Por si surgía un camaleón de esta estirpe, les enseñó a lanzar la red, a matar con las manos, a pelear con los pies, a morder en la nuez y a manejar con absoluta soltura el tridente y el hacha. Los menos aptos para estos menesteres pero igualmente enamorados de la milicia urbana, fueron destinados a intendencia, donde se les confió una delicada misión: coser y cantar. Así los femíneos, neutros y doicos, además de bordar los uniformes que diseñaría Latour —tan aficionado a la estética como a las innovaciones—, ocuparían por vez primera en la historia un digno puesto en el áspero seno de los ejércitos. Por último se anunció el contenido de las reformas espirituales. Quedaron proscritas las leyes, admitidos todos los vicios en sus distintas rarezas y reducidos a dos los mandamientos cristianos: *Te honrarás a ti mismo y no matarás sin previa autorización del Senado,* para lo cual hubo que crear un Senado. El invento lo suscribió el francés. La cámara estaría integrada por todos aquellos que llegasen primero a cada asamblea convocada en palacio por el propio Latour, quien ya se había revestido de títulos insignes: Gran Visir del Ocio —con carácter vitalicio— y Primer Canciller de los Rumores —solamente válido para los tiempos de intrigas turbulentas. En otras palabras, monopolizaría cuanto se refiriese a los juegos de sexo y azar y además sería portavoz de los lamentos del vulgo.

La revolución dio un nuevo aire a Anolaima. «La Sumisa», no se sabe por qué, aunque podría responder a simples razones eufónicas, pasó a llamarse «Kalinga», y «El Directorio», «Chez Latour». Ahí no acabaron los cambios. La rebelión de los instintos estaba en marcha, había prendido en los habitantes de la isla, y muy particularmente en la imaginación del francés, que no detuvo su ardillesca actividad creadora.

Sometió a la infanta Shaba a una delicada operación que él mismo ejecutó tras obtener el consentimiento de los soberanos. En su nueva identidad la que fuera doncella respondía al nombre de Jacinto I. Entre ambos fundaron la cátedra de dados y abrieron las puertas de la biblioteca real, que si no contenía manuscrito alguno al menos contaba con una impresionante colección de abanicos. Sin embargo, aquel desvarío cultural no duró mucho. Azuaifno, adolescente mulato y atleta, se coló en el corazón del francés. Jacinto I, de noble casta, se cortó las cuerdas vocales para no maldecir a su cirujano amante, quien, de eso no hay duda, le había embaucado y profanado.

A Latour y a su atleta solía vérseles pasear cerca del Puente de las Tragedias, que ahora se llamaba de los Placeres y que sólo podía cruzarse desnudo. La lápida en que habían imperado los vandálicos preceptos del duque ya no existía, en su lugar se había colocado un flautista.

Azuaifno era ridículo. No hacía más que posar entre cocodrilos y garzas a las orillas del río Irirí. Allá donde se hallase imitaba las posturas que los genios de Grecia esculpieran. Y el francés no tardó en desprenderse del bello. Al fin parecía haber superado sus atormentados planteamientos eróticos, y como ya habían sido devueltos los espejos a los usos domésticos, pasaba las horas admirándose en uno con forma de trébol.

Huellas de haber vivido intensamente empezaban a asomar a su rostro, que recordaba la cara de sus manos, donde también se escribe la vida. Pero como en su cerebro aún había luciérnagas, desechaba las fugas, la espiral y los acantilados del tiempo. Esto fue lo que le reveló el apátrida:

—He alcanzado mi propia sublimación. Cada noche me acuesto con este espejo y me contemplo a fondo. He obtenido orgasmos portentosos y he de reconocer que cada hora que transcurre me quiero más a mí mismo. Mi gran pasión soy yo, y estoy dispuesto a continuar en este estado de pureza. Cuando venga la muerte se encontrará con un ángel —dijo, lanzando un suspiro hueco y sincero.

Estos interludios narcisistas con aspiraciones ascéticas sólo ocupaban sus noches, empleando los días en trastocar las circunstancias de la manera más radical. Acostumbrado a cazar con reclamo, sabía que para hacer cambiar al pueblo por dentro había que empezar por cambiar lo de fuera. El trabajo que desarrolló para transformar el castillo en cosa y casa de dioses hubiera determinado la muerte por agotamiento en una persona normal. Sacó los reptiles del foso y metió delfines y cisnes. Ornamentó con flores de acacia el puente levadizo. Abrió rosetones, terrazas en las almenas, la kermesse prometida en el patio, garitos en las mazmorras, salas de orgía y juego en los salones, blancos balcones en los mármoles negros y paso a los enamorados del vicio. En el verde coto que rodeaba el castillo instauró una feria para gente con vocación de esclava y un hipódromo en el que se realizarían macilentas carreras de rinocerontes y peleas de leopardos contra voluntarios. También soltó a los presos y jubiló a los verdugos. Diseñó camisolas de listones celestes y verdes para los gladiadores y rutilantes uniformes de seda amarilla para sus propios sirvientes, a quienes otorgó el augusto título de Lanceros de Latour. Llegó a saber que a cien leguas a pie en dirección a la luz, allá donde aparecen flotando en la jungla las Lagunas de Samaya y nace el río Iriri, existía un árbol cuyas raíces eran de oro, y envió una expedición a que transportara en balsa tan preciado metal, con el cual produjo una calculada inflación destinada a dejar sin valor las piezas de plata con la efigie del duque, que fueron recolectadas y utilizadas para habilitar un gigantesco y argentado solarium donde se cultivarían fumarias y se tomarían saunas de sol. Las nuevas monedas no tenían personalidad crematística, numismática tampoco pues ni siquiera estaban acuñadas. No eran unidades de cambio sino de tacto, ya que tocar el oro en su forma más pura —solía decir el francés— es siempre agradable.

Aún hubo más. Organizó periódicas batallas de flores en el río Iriri con la doble intención de alegrar a las masas y permitir que se ahogaran los tontos. Participó en un debate público en el Senado en el que salió aprobada la propuesta en virtud de la cual se autorizaba a la abatidas juventudes a exhalar brahmánicas bravatas de tedio y pesar, y a disertar en sus celdas de impotencia sobre cómo se ama espiritualmente una piedra. En otra ocasión disolvió una asamblea pues los primeros en llegar al Senado fueron pastores y entre los balidos de ovejas y cabras no había quien se entendiera. Y aún tuvo tiempo de hacer un extraño pacto con una misteriosa mujer que se presentó con el rostro cubierto por un velo rojo. Llegaron a un acuerdo y fruto de él el apátrida recibió un extraño y útil regalo : un garañón de fuerte, blanca, arrogante y perfecta estampa. El caballo se llamaba Romualdo y el hecho de recibirlo no sorprendió a Krieger. Días antes un generoso del verso le había obsequiado con veintitrés sonatas, de las cuales sólo una conservaba en el cinto pues un viento raro se había llevado las otras veintidós. Resultaba frecuente en Anolaima, desde que Latour le había devuelto su radiante anarquía, que las gentes se intercambiasen sorpresas.

Como quiera que a la euforia suele suceder el desastre ocurrió algo que nadie había previsto. La violencia inherente a toda revolución arrojó un asqueroso bacilo transmisor de envidia y productor de infamia que se instaló en los cerebros haciendo brotar, entre otros varios males, la fiebre del color. Las gentes se pusieron a luchar por los vestidos y adornos de mayor intensidad cromática. Hubo familias enteras que llegaron a batirse en duelo por una cuestión tan absurda como es el turquesa. Más tarde, en escala ascendente, la locura abandonó el colorido y se trasladó a las empresas románticas. Un viejo tonelero voló su negocio en compañía y sin el consentimiento de su mujer y un amante de esos que parecen salidos de un saldo. Románticamente, con todo incluido —vidas y cuernos—, volaron los tres.

Siguieron secuestros, suicidios de feas, la magnanimidad de una madre que donó sus doce hijos leprosos a una salchichería y el cadáver de un cura insolvente que amaneció tirado sobre el altar con el pene amputado e introducido en la boca. Finalmente, el color negro se erigió en campeón de la moda: políticos, rateros y coprófagos vinieron con él. Las almas y las cosas iban pudriéndose. La libertad tenía diarrea.

Los sueños de Krieger estaban regresando a su estado original, la conducta de la grey le empezaba a pesar como una losa. Contemplando la muchedumbre comprendió que el pesimismo es contemporáneo de la humanidad, que la alta nobleza siempre se vengaría del pueblo con el desprecio de su impotencia, que la plebe permanecería adicta a sus ruines y groseras costumbres, que la flora política continuaría cambiando de fe sin cambiar de decepción, que la tutela de los caprichos místicos en vez de estar entre los dedos de Dios seguiría estando durante siglos y siglos entre las garras del clero, que los mercaderes jamás accederían a los placeres de la vida, que las mujeres no interrumpirían la labor de colgar esas palabras azules que cuelgan de la mente del hombre, que después de haber agotado sus esperanzas las juventudes acudirían saturadas de lánguidas ideas a proclamar la nada de todas las cosas, y que los ancianos tenían bastante con su carga de abstracciones dramáticas. La enardecida complacencia que había provocado la revolución en los habitantes de la isla le parecía bien, sólo que incompleta y falsa en sus aspiraciones. Aquello seguía siendo una sociedad, algo contrario al hombre libre. Como no le agradó la situación decidió abandonar el lugar. La causa de sus antiguas jaquecas podría responder a la necesidad de evadirse de un mundo que llaman real porque al ser tan invertebrado y grotesco no saben buscarle otro nombre. Prueba de ello es que ya intuía el regreso de las alucinaciones, que si momentáneamente libraban de los esquemas mediocres luego catapultaban las ondas mentales a los vertederos de la desesperación. Quizá fuera eso, no estaba seguro. Cogió a Romualdo por las riendas y, sin despedirse siquiera del francés, se internó en la soledad del amanecer poniendo rumbo a lo desconocido.

XVII

Durante días enteros cabalgó entregado a una profunda meditación, sin apartar las manos del mosquetón ni los ojos de las crines de Romualdo. Por fortuna, el garañón, honesto animal, se reveló como un consumado conocedor de los senderos ocultos de la jungla. Apercibido de la crisis mental de su triste amo, le condujo a través de un mundo alado de más de mil familias de micos y cotorras que alzaban su chirriar bajo el ramaje de una floresta prodigiosa. La ingenuidad del irracional quiso figurarse que la bullaranga y el griterío sacarían a Krieger de su infierno. Buena grupa Romualdo, aunque algo primitivo de espíritu.

Una tarde, cuando el sol se sepultaba en la maleza en una apoteosis de agónicos resplandores, en una fulguración de lentas llamas, llegaron a la vista de unos manantiales de agua estratosférica y vaporosa, y Romualdo relinchó. Simios, fieras y pájaros montaron tal estrépito que se desvelaron todas las plantas y el crepúsculo estalló en verdes tonos fosforescentes. El súbito destello sacó a Krieger de su caos conceptual dándole a entender que andaba merodeando por las Lagunas de Samaya. Era la hora en que la ardiente brisa nocturna se hincha con el olor de los pomelos, cuando el diálogo de los insectos entre los juncos ensancha la conmemoración de los recuerdos y se desmorona la luna con expresión velada entre lianas, aullidos de lobo, mensajes de búho y rastros de jaguar.

Krieger desmontó y antes de que le diera tiempo a desensillar descubrió a través de las ramas de los sauces tropicales una cara de niña con cuerpo casi de mujer nadando entre sombras y anémonas rosáceas. Ella, que también había advertido la presencia del apátrida, salió del agua y con ella salió una virgen. Su hipil blanco transparentaba una vida tostada y nueva, su collar de húmedas violetas hacía resaltar los erectos pechos. Sonrió, arrancó una breva, comenzó a chuparla, se acercó al caballo, lo acarició, le dio a comer la fruta y dijo con voz alegre y fresca mientras se escurría el pelo:

—¡Hola Romualdo!

—¿Cómo sabes su nombre? —demandó Krieger sin conseguir disociar su extrañeza del encanto de aquella criatura salpicada de gotas de agua noctámbula y sensual.

—Yo se lo regalé a Latour para que él te lo regalara a ti.

—¿Así que el francés había planeado este encuentro?

—No. Lo planeamos Romualdo y yo.

—¿Y tú quién eres?

—¿Cómo, ya no te acuerdas? —dijo la joven sin dejar de sonreír.

—¡Tú! —exclamó el apátrida que empezaba a reconstruir la historia del helecho amarillo.

—Hmm, hmm. Anda, ven, que el agua está templada y llena de tortugas.

—Un momento. ¿Cómo te llamas? —dijo asiéndola suave y fuertemente por el brazo.

—Como tú quieras.

—Tendrás un nombre.

—Los nombres se olvidan muy pronto.

—Y si he de llamarte, ¿qué hago?

—Dices, ven, y voy.

—No, de ninguna manera, que no.

—¿Entonces, no juegas?

—¿A qué?

—A nosotros.

—Tú te estás riendo de mí, muchacha. ¿Acaso no sabes quién soy?

—Sí. Krig.

—¡Cómo que Krig! ¡Krieger!

—Bueno, pero yo te llamo Krig.

—¿De qué me conoces?

—Eres muy famoso en Anolaima, allí todo el mundo te llama el noble bruto.

—¿Y qué haces aquí?

—Te dije que me enamoraría de ti algún día y ese día ya ha llegado. Yo soy así.

—Algo loca, ya veo. Pero está bien, me gustas. Te llamaré Delirios.

Krieger la cogió en brazos y se fueron al agua.

Aquella noche terminó a las siete de la tarde del día siguiente. Amanecieron abrazados y despertaron al mismo tiempo.

—Krig.

—¿Qué hay Delirios?

—Espero un hijo.

—¿Ya?

—Sí.

—¿En qué lo notas?

—No lo noto. Lo espero.

Volvieron al agua y a amanecer y a despertar juntos. La nueva tarde de los trópicos hizo pasar muy cerca las carretas de unos monjes que regresaban de la siega. Se oyó el mugido melancólico de los bueyes camino del establo y los gritos de quienes arriaban la vacada.

—¿Adónde van? —preguntó Krieger.

—A sus grutas, que están a pocas leguas, justo delante de los campos de adormideras —repuso Delirios.

—Vamos con ellos.

Las grutas eran témpanos de ecos, profundas y oscuras. Los monjes habían elegido los espacios donde pudieran expandirse sus cánticos con concreción casi física. Allí se daba culto al éxtasis para que el alma se abismara en sus deliquios y la mente ordenara su silenciosa perfección. Clemente el monje tomó un cirio, lo encendió y condujo a Delirios y al apátrida a través de las galerías horadadas en la roca. Después de muchas vueltas, cuando ya se encontraban bien al fondo del tranquilo laberinto, dijo:

—Así es Dios por dentro, y así vivimos aquí, de una infinita paz que jamás descansa.

Nada más oír las palabras de Clemente el monje, Delirios montó en Romualdo y escapó a galope. Krieger, que ya la iba conociendo, no se inquietó y se sentó a comer las papayas y el queso de cabra que le ofreció el ermitaño. Sabía que Delirios era así, imprevisible, con unas indomables ganas de vivir a fondo y dotada de una imaginación nada usual en las mujeres. Pertenecía a la estirpe de las que nunca se dejan arrasar por la tristeza, las que cuando sollozan parece que sonríen. Tenía sangre de cierva en las venas, labios de aguacate y una habilidad indestronable para hacer que el hombre sólo se acordara de su biología, que es lo único que de verdad importa en esta vida.

La joven regresó a las pocas horas. Venía a pie, cantando, cargada con un enorme fardo de escaso peso.

—¿Qué traes ahí? —preguntó Krieger.

—Espigas de adormideras para los bueyes —contestó Delirios.

—¿Y Romualdo?

—Se quedó dormido y me dio pena despertarlo. Ya vendrá. Oye, Krig, se me ha ocurrido un juego.

—¿Otro?

—Sí. Escucha. ¿Por qué no echamos las adormideras en los pesebres, dejamos que se las coman los bueyes, esperamos a que alucinen y vemos qué pasa?

—¿A que alucinen?

—Claro, ¿o de dónde crees que los monjes extraen el opio para hablar con Dios?

—Muy bien, adelante.

Encontraron a los bueyes rumiando pasto seco y pensamientos. Vertieron las espigas a lo largo de los amplios pesebres y se dieron un beso con sabor a establo y opio.

Entretanto Clemente el monje rezaba sus oraciones cotidianas arrodillado en la boca de una de las grutas con los brazos en cruz.

—Pobre, ¿verdad? —dijo Delirios refiriéndose al asceta.

—Él es feliz —repuso Krieger.

—No. Acaba de contarnos que vive de una infinita paz y que jamás descansa. Por eso voy a enloquecerle un poco, a ver si así se rompe la paz y por fin logra descansar.

Delirios, nada más decir esto, se desnudó, abrió de par en par las puertas del establo y anduvo los cincuenta pasos que la separaban del monje hasta colocarse delante de él.

—¡El súcubo, el súcubo, el demonio bajo su apariencia de mujer! —gritó el ermitaño que, al ver que los bueyes, alucinados, pasaban volando por encima de las grutas, atribuyó definitivamente la causa al diablo y enloqueció no un poco sino del todo: colgó los hábitos y se echó al mundo, donde tiempo después cobraría fama por haberse convertido en el sátiro Clemente, fácilmente reconocible pues desde entonces se puso bizco y atacaba con verdadera asiduidad cuantas sociedades colombófilas hallaba a su paso. Le dio por las palomas, especialmente las mensajeras.

Delirios quedó perpleja ante el suceso. Sus buenas intenciones no habían servido para nada. Pero Krieger no tardó en sacarle los remordimientos del cuerpo con razonamientos de flaca solvencia:

—Mira, Delirios, no pretendas comprender a los monjes. Todos ellos se dejan llevar por su fantasía. Son locos y un día les da por irse por ahí. No le des más vueltas. Además, para que te olvides del monje tengo una cosa para ti.

—¿Sí? ¿Cuál?

—Ésta, toma —dijo sacando del cinto la sonata que le había regalado el poeta desconocido. Espero que sepas leer.

Aquellos versos hicieron que Delirios recobrase su amplia alegría. La sonata parecía haber sido escrita para una ocasión semejante. Esto fue lo que la joven leyó:

Solamente ahora que estás desnuda, te respeto.
Tan solamente ahora que has comprendido
que el amor es un caballo loco corriendo por
[*el mar,*

te adoro y te respeto.
Y tú desnuda, y tú incendiada, y tú,
y yo perdido en ti, nutriéndome de ti,
te amo.

Fue una lástima que las otras veintidós sonatas se las llevara el viento. A Delirios le hubiese encantado poder contar con ellas.

Romualdo volvió en plena forma. Se había ido de yeguas pero no había desatendido el instante en que lo necesitarían sus amos. Y allí estaba, blanco y resplandeciente, para envidia de jamelgos, con su compacto orgullo rompedor de selvas.

Regresaron a Anolaima capital. Krieger tenía determinado abandonar la isla. La ciudad le resultaba infecta y en las Lagunas de Samaya la naturaleza carecía de misterio: había monjes.

—He de estar un tiempo solo para luego estar más tiempo juntos —comunicó a su compañera en el momento en que el garañón cruzó las puertas de Anolaima y entró en el barrio de «Kalinga» haciendo sonar por primera vez en muchos días sus cascos contra un empedrado.

La ciudad estaba distinta. Mirar de un lado a otro suponía ir de desilusión en desilusión. Un turbio invento atribuido a los mercaderes ensuciaba las fachadas: la propaganda había contaminado el corazón de Anolaima.

Delirios le iba leyendo a su hombre los inauditos reclamos.

—Escriba con pluma de cisne Maxtentorf, la pluma que nunca firmó penas de muerte.

—Preséntate al Premio Supremo de las Artes de Anolaima. Tres primeros y únicos laureles: para el amigo del jurado, para el enemigo de moda y para la verdadera obra de arte. ¡Preséntate! ¡Todos ganan!

—Se venden chirlas espaciales.

—Viuda a domicilio. Limpia, rápida, muda. Acto sexual normal, un oro. Acto sexual imaginativo, a convenir.

—Aminta, el suave aroma de la selva para sus noches especiales.

—Castrar un hombre para defender una doctrina es castrar un hombre. Firmado: Los Lógicos. Número de asociados: diecisiete. ¡Únete a nosotros!

—No sigas —dijo el apátrida.

Tiró de las riendas, Romualdo se detuvo, se apeó Delirios y luego él. Se encontraban a unos pasos del Puente de los Placeres. Apenas habían visto gente en las calles de «Kalinga». Sólo se oía la sensual histeria de unas adolescentes que corrían desnudas entre los hermosos jardines de magnolios, donde nacía «Chez Latour».

—Cuida de ella, caballo. Y vuelve aquí con ella dentro de tres días —fueron las únicas palabras que Krieger, siempre necio a la hora de las despedidas, encontró para decir adiós a su compañera.

Delirios comprendió al noble bruto y se fue a tejer una alfombra. Krieger se encaminó hacia la catedral del vicio. Quería saber de boca del francés lo que estaba ocurriendo en Anolaima.

Halló a Latour enseñándole a Lavernia a forrar huevos con satén. La bella vacía, sin visión de futuro, no se entendía con el francés, el cual, al ver al apátrida, se emocionó, abandonó a la dama e inició un largo monólogo.

—¡Amigo Krieger, qué alegría tenerte de nuevo en casa! ¿Qué, ya has dado con la glándula de la felicidad? Parece increíble que un hombre como tú crea en esas cosas. El Negro Dolores me transmitió un mensaje de Pío Procopio. No son buenas las noticias. Onésimo Nono ha muerto, le dio un vahído y cayó a una cloaca. Y Slattery está muy mal. El naturalista le hizo una prueba y no la superó. Mientras dormía le colocó una víbora en la bocamanga, le despertó, el viejo irlandés la miró, y nada, ni inmutarse. Se trata, obviamente, de un *delirium tremens* que está fuera de control. Ah, y lo de la glándula de la felicidad, por lo visto es una broma. Ahora parece ser que no existe. Pero vayamos a la actualidad. Aquí todo sigue bien, si no cuentas con la fiebre del consumo que está envenenando al vulgo. Ahora todos piensan en trabajar para comprarse cosas. Un desastre. Mi negocio va mal, aunque sigo tranquilo. De noche acuso una áspera tos, nada preocupante. El médico dice que puede ser la andropausia. La verdad es que ya no dice nada porque le he prohibido ejercer la medicina. Yo me encuentro mejor que nunca. Ahora, cuando amo, sólo amo a los de tierna edad: he descubierto que así rejuvenezco mientras envejece el amante joven. Trasvase de savias, ¿sabes? De todas formas, lo que me llama más la atención es el dolor, me entretiene, con él olvido muchas cosas. Para mí es el estado perfecto, una variante del éxtasis, siempre que cada vez se produzca un dolor distinto. Yo los invento constantemente. Han de ser agudos y breves, contundentes, nunca deformantes, decisivos, terribles. Es el nuevo placer, la nueva sensación, el nuevo miedo. Mi manera de repeler a Vanira en los plenilunios.

—Vengo a decirte adiós. Me voy a otra isla —le interrumpió el apátrida, quien encontró al francés demacrado, roto y perdido en los caminos de una vida cargada de trayectoria y desprovista de rumbo.

—¿Cómo, que te vas, sin mí, adónde? —se alarmó Latour.

—Los mutilados son una carga para el Estado. Ya me entiendes, francés. Cuídate. Eres el único hombre, además de mi padre, Slattery e Ivo de Arnós, al que he tenido verdadero afecto. Y dejo fuera deliberadamente la palabra amor. Ya me entiendes, francés. Hasta nunca. Que tengas mucha suerte.

Latour puso cara de perro de aguas. Se iba su gran protector y amigo. Después de tanto tiempo volvía a quedarse como cuando estaba a bordo de «El Cleopatra»: a merced de las intemperancias. Krieger también se fue triste. No le daba al francés muchas lunas de vida. Se lo imaginaba tirado en su alcoba, con el liguero en el cuello, el milanés en la mano y la pequeña bala de oro alojada en la sien. Ahora comprendía todo lo que estaba ocurriendo. Anolaima, sin la imaginación de Latour, enfermo y sin ganas de levantar siquiera una pluma, había caído en manos de la vulgaridad de la gente.

Tener que abandonar un compañero de viaje que desde el principio al fin había dedicado su espontánea y extravagante personalidad al culto de la empresa común, hubiese supuesto un declive de alma para muchas personas. Para Krieger, en cambio, supuso un fuerte golpe momentáneo que no llegó a ingresar en el mausoleo de las melancolías. Su lema siempre había sido otro y ahora no iba a cambiar: la vida se encuentra delante. Detrás, lo que se detiene de pronto.

Delirios tejía su alfombra. Aún correrían las horas hasta reencontrarse con Krieger, a quien imaginaba resolviendo los asuntos de Estado,

y por las razones que fueran, estaba bebién-
dose el manso en un lupanar de «Kalinga»,
defendiéndose de una puta ancestral que hacía por venderle un rato de su reseca y ma-
noseada pasión.

—No, abuela, contigo no me voy ni a la
calle —repuso con desgana el apátrida.

—Tres oros y soy toda tuya —insistió la ramera.

—La vez que me acosté con una vieja cono-
cí la muerte por dentro. Cuéntame cosas pero
no insensateces —comentó Krieger con dos
barriles de vino en el cuerpo.

—Tú te lo pierdes —dijo la despreciada, tras-
ladando su decadente monserga a la oreja de
otro borracho que no la apuñaló de milagro.

—Noble bruto, me lo juego todo a un pulso
—le retó un loco de cejas rabiosas, patillas
bandoleras, pómulos afilados y ojos que le salían de la médula espinal.

—No me van las muñecas. ¿Por qué no lo
resolvemos a muerte? —fue la contrapropues-
ta que Krieger le hizo al espectro humano,
quien fiel a su aspecto, desapareció. Y el apátrida se puso a pensar: el lupanar no da para
más, la vida, tal vez. Tengo la boca acorchada,
no tengo reflejos, ando despacio. Las estrellas
están altas, la borrachera subida. Llego al río
Irirí, me lío a tiros con los cocodrilos hasta
que se cambian de orilla y me echo a dormir
en la yerba. Me despierta Delirios y digo:

si has de parirme un hijo que sea en otra isla.
Ella dice que sí, Romualdo relincha y nos vamos.

Todo ocurrió de este modo. Tan sólo Delirios
añadió dos palabras:

—Adiós, Anolaima.

XVIII

El apátrida, su compañera y el garañón cerraron los ojos, soñaron que soñaban y, cosas de la fuerza del deseo, aparecieron galopando sobre la cálida arena de la única playa de Nacarey, isla en forma de herradura que acogía aguas mansas en su bahía y mar embravecido en la parte exterior de sus tenazas. Dos majestuosos y nevados volcanes se alzaban en cada una de las puntas ignotas de Nacarey, paraíso al que concurrían todos los climas: había ventiscas de nieve en las cumbres volcánicas, primavera en los prados del este, cascadas y lluvias en los Jardines de Nabucodonosor donde se tumba el oeste, estío y tortugas en las regiones marinas, y alumbrando todos estos fenómenos, animales y plantas, el inextinguible sol de las Islas Transparentes.

Aquello más que el lago inaccesible era el universo inaccesible. Krieger estaba tranquilo. En Nacarey recobraría la pureza de su origen, pondría en práctica las enseñanzas del Hombre de Blúmini. Allí, por fin, se desconectaría para siempre de la realidad anterior, de las antiguas alucinaciones que no cesaban en sus sombrías amenazas y que, aclaradas y puestas en su sitio, meramente ocupaban la parte más lúcida de los sueños. Ahora todo se veía en transparencia. Los crepúsculos pudriéndose no eran sino esa muerte cotidiana que asiste a la humanidad entera, cáncer nacido del contacto con tristes, gafes, melancólicos y demás depredadores del espíritu. Los espejos derritiéndose simbolizaban la ineficacia del pasado, demostraban cómo todos los países son incompletos una vez desaparecida su novedad, y cómo, sin tranquilidad en el alma, la naturaleza se hace monótona hasta repetir obsesivamente su propia grandeza, no importa donde estemos escondidos, o de donde vengamos huyendo. Los calendarios preincaicos, que solían desintegrarse en su cóncava soledad mental, representaban las invitaciones de la locura, visiones de vida sin conexión ni sentido, bazofia del diablo. Y los caballos verdes arrojándose a los precipicios imaginarios, pero no por eso menos profundos, se habían convertido en la agreste libertad que ahora le permitía contemplar desde lejos el sueño de las arañas y tarántulas como un simple mal viaje a las alcobas de la nada. Nacarey estaba bien, todo se veía claro. Nacarey curaba.

Y allí en verdad que fue feliz. Entre otras suertes tuvo la de encontrarse con miradas limpias, dientes blancos, cuerpos fuertes y algunas mentes transparentes. Nacarey era reducto de soñadores muy vividos, unos con el alma muy pequeña y otros con el corazón muy grande. Bastó la selección natural que se produce cuando una piel entra en contacto con otra, para que Krieger y Delirios se quedaran cerca de la gente con cojones capaz de comprometerse con cualquier presentimiento, gente siempre dispuesta hacia la locura responsable, aquella que jamás atenta contra la libertad ajena y que sólo los necios no saben asumir.

Al fondo de los Jardines de Nabucodonosor, donde se derriten las horas y el sol penetra con ademanes de penumbra y silencio, Krieger y Delirios, con la ayuda de las yerbas del vasco Errás y la agradable retórica del Señor de Munt, levantaron una choza. Estos personajes de pura raza cuyas costumbres andaban repletas de láudano y mujeres, se entendieron muy pronto con ellos, sacándole el máximo rendimiento a la amistad y a la isla. Trasladaron cien caracolas gigantes de la bahía al valle para que el ganado y los pastos pudiesen escuchar las voces del mar. Cabalgaron sobre búfalos y domaron orangutanes y a ciertos soñadores enamorados del hurto y otras bajezas. Buscaron tesoros, pero no por el brillo sino por el simple hecho de hallarlos. Trabajaron en las plantaciones de Errás hasta apilar más de cien fardos de portentoso cannabis, de una pureza sólo igualable a su dueño. Y descubrieron la secreta pasión del de Munt, que resultó ser violador de sirenas, a las que después de hervir de medio cuerpo para abajo —para que estuviesen sensuales y duras— amaba entre pieles de lobo y mantas de nutria.

Y todo era paz. O ver bailar a mujeres de experiencia pérfida y sensibilidad incólume. O hacer tablas —pues al no existir la competencia en la isla resultaba imposible ganar o perder— con el caro señor de los tequilas, ajedrecista y navegante, además de acompañante de hembras de mucho entendimiento, conocidas en Nacarey por haber introducido la coca en los pasteles de cereza. O cambiar impresiones con el vago de blanco, siempre tendido sobre una piel de ocelote, propietario horizontal de veinticuatro doncellas adiestradas a amar, trabajar y vagar en turnos de ocho cada ocho horas. O escuchar hablar de los lacedemonios a un sabio ignorado que vivía en un sitio tan chico que no le habían podido salir las muelas del juicio. O acudir esporádicamente a las ruinas de Zahuák a comprobar si las cerbatanas de los indios seguían torcidas, que el veneno de sus dardos era curare extraído del árbol de maracure y producía la muerte instantánea una vez inoculado en la sangre. O, si se prefería, escuchar los diálogos entre Delirios y Krieger:

—Mira el cielo, Krig, van a llover ciervos.

—Anoche decías que iban a nevar patos.

—Y nevaron. Yo los vi.

—Tú viste gansadas, Delirios. Estaban de paso.

—Estamos jugando, Krig, no seas bruto. Dame un beso.

—Prefiero rasgarte el vestido.

—Rásgalo, para lo que queda de él. Anoche lo hiciste jirones.

—¿No te gustó?

—No me quejo. Estoy dispuesta a seguir cosiendo toda mi vida.

Era el amor, esa palabra que no se deja suplantar, esa clase de amor que se conduce por instintos, durmiendo cuando hay sueño, comiendo cuando hay hambre y bebiendo cuando hay labios. Amor que sabe que amar a una mujer mayor es tan perfecto como amar a una niña, porque lo otro, lo que practican los desequilibrados de hormonas, no es sino mal de cuerpo, enfermedad de espíritu, patología.

Al apátrida le gustaba mirarla, ver lo que hacía, cómo iba a la hamaca y se tumbaba a chupar higos, verla regresar diciendo que había perdido el tiempo pero que a cambio traía muchas ganas de estar con él. De ella necesitaba su manera de bucear a por langostas y su modo de servir la miel, necesitando sus prolongados silencios, auténticos bálsamos mentales. Porque Delirios, que no era una de esas mujeres que envejecen en una sola noche, sabía cómo conservar a su hombre, incluso en las ocasiones en que el fantasma de la mujer de pelo de agua aparecía vagando en la imaginación del apátrida. Y la verdad es que resultaba muy fácil: Delirios se ponía a comer trigo, bananas, piñas, yemas de huevo y cuanto encontraba de color amarillo. Hacía entonces la digestión bajo el sol y sufría la metamorfosis buscada: su cuerpo tostado ahora era rubio, como el de la mujer de pelo de agua, y de esta forma Krieger quedaba contento. Entre los dos habían dado con la fórmula mejor: cada cual se ocupaba del otro y se olvidaba de sí. Había amor para rato.

Y así pasaban las horas en Nacarey los seres transparentes, esperando a que brotara la parsiflora silvestre, mágica planta que requiere tres años de intensos cuidados para tres días de vida genial. O hablando los hombres, como verdaderos románticos, de islas futuras, tema que no inquietaba a Delirios porque Krieger ya le había advertido que, de emprender una nueva aventura, la llevaría con él. Y Krieger nunca mentía. ¿Para qué?

NIHIL PLUS